AF384872

LE FILANDRE

COMEDIE

DE ROTROV.

A PARIS,

Chez ANTHOINE DE SOMMAVILLE, au
Palais, dans la petite Salle, à l'Escu de France.

M. DC. XXXVII.

Auec Priuilege du Roy.

Extraict du Priuilege du Roy.

PAr grace & Priuilege du Roy donné à Paris, le 7. Feurier, 1637. Signé, Par le Roy en son Conseil. DE MONSSEAVX. Il est permis à ANTHOINE DE SOMMAVILLE, Marchand Libraire à Paris, d'imprimer ou faire imprimer, vendre & distribuer vne piece de Theatre, intitulee, *Le Filandre Comedie*, durant le temps & espace de neuf ans, à compter du iour qu'elle sera acheuee d'imprimer. Et deffenses sont faictes à tous Imprimeurs, Libraires, & autres, de contrefaire ladite piece, ny en vendre ou exposer en vente de contrefaicte, à peine de trois mil liures d'amende, de tous ses despens, dommages & interests; ainsi qu'il est plus amplement porté par lesdites Lettres qui sont en vertu du present Extraict tenuës pour bien & deuëment signifiees, à ce qu'aucun n'en pretende cause d'ignorance.

Acheué d'imprimer pour la premiere fois, le 24. Mars, mil six cens trente sept.

ACTEVRS.

THEANE,	maiſtreſſe de Thimante,
CEPHISE,	ſœur de Theane,
THIMANTE,	ſeruiteur de Theane,
PILANDRE,	coriual de Thimante,
CELIDOR,	ſeruiteur de Neree,
NEREE,	maiſtreſſe de Celidor.
DORILAS,	berger,
MENALCHE,	baſtelier,
DAMETE,	payſan,

LE
FILANDRE
COMEDIE.

ACTE I.
SCENE PREMIERE.

THEANE, seule dans vn iardin.

'Est trop, insensible courage,
Se deffendre des traicts d'amour,
Chacun luy doit rendre hommage,
Car chacun luy doit le iour.

Tost, ou tard ce vainqueur nous blesse,
Ses traicts enfin n'asurent le sein,

A

Et ie luy rends par foiblesse,
Ce qu'on luy doit par dessein.

Ie resistois à ses amorces,
J'étouffois mes ieunes desirs,
Et ie signalois mes forces,
Aux despends de mes plaisirs.

Mais enfin sa main plus puissante

SCENE DEVXIESME.

CEPHISE, THEANE,

CEPHISE, se monstrant.

A Changé vostre cœur en faueur de Thiman-
    the
Ne dissimulés plus.

THEANE.

      Dieux, ie parle vne fois,
Et ce timide cœur est trahy par ma voix,
J'esperois seulement en ces lieux solitaires
Deuoir entretenir de muets secretaires,

Ie croyois n'auoüer mes naissantes douleurs
Qu'à la fidelité des arbres, & des fleurs,
Et ie n'ay pû cacher cette ardeur amoureuse
Aux soucys importuns d'vne sœur curieuse,
Et bien, fascheuse sœur, tes vœux sont satisfaicts,
Et tu feras tes ieux du dessein que ie faicts,
Cette superbe fille à la fin s'est renduë
Je perds ma liberté si long-temps deffenduë,
Tu riras de ma honte, & de ma vanité.

CEPHISE.

Ie rirois bien plustost de ma simplicité,
Puis-ie, car tu m'as creuë, & tu sçays trop que i'ay-
me
Blasmer vn mal en toy, qui m'est cher en moy-mes-
me,
J'ayme, & i'ayme en ce poinct plus lâchement que
toy
Qu'vn ingrat me captiue, & possede ma foy:
Celidor me rebute, & ie l'estime encore,
Et tu faicts lâcheté de cherir qui t'adore,

THEANE.

Songe à mon changement, & plains moy, si tu sçais
Combien on est timide en ces premiers accés,
Veux tu que ma raison si long-temps absoluë
A ce prompt changement soit si-tost resoluë?

A ij

CEPHISE.

Ma sœur vn changement est aysé s'il est doux
Ie me plaignois de mesme, & toutes comme nous,
Nostre sexe rougit d'actions innocentes,
La honte, dans nos cœurs suit ces ardeurs naissan-
 tes,
Mais elle se dissipe, et le temps à la fin
Nous faict de nostre amour benir nostre destin,
Il est doux d'obeïr à son pouuoir suprème,
Ie trouue des plaisirs dans la tristesse mesme,
Et quoy que ie reuere vn ingrat qui me fuit,
Qui me vient conseiller de l'oublier me nuit.

THEANE.

Ma fortune est meilleure, & i'ay cet aduantage
Que ce que i'ay d'amour, Thimante le partage,
Ie possede ses vœux, & cet aymable amant
Me considere seule ou feint subtilement,
Mille fois mes rigueurs l'ont reduit à se plaindre,
Il est vray qu'il est homme, & tout homme sçait
 feindre,
La nature pour nous luy prescrit des respects
Qui, comme ils sont communs, doiuent estre suspects,
Toutes ont des appas toutes semblent leur plaire
Et son sexe luy rend ce vice necessaire,
Il prise vn beau visage, & complaisant qu'il est

Prise souuent aussi celuy qui luy déplaist.
CEPHISE.
L'homme doit tout priser, au moins en la presence
La nature l'oblige à cette complaisance,
Mais par ses actions on cognoist aysément
S'il parle en courtisan, ou s'il parle en amant
Pour l'vne il a des vœux, pour les autres des feintes
Celle qu'il n'ayme point luy cause peu de plaintes
S'il la voit sans dessein, & n'est qu'officieux
Elle ne tire point de larmes de ses yeux,
Il ne l'appelle point du nom d'inexorable,
Il ne repute point son destin miserable,
Nostre cœur par nos yeux ne se peut démentir
Et pour bien exprimer, il faut bien ressentir
Les plaintes, les respects, & les pleurs de Thimante
Vous figurent assés l'ennuy qui le tourmente,
Que n'est-il Celidor! ou que cet inhumain
N'a-t'il pour mon suiet vn semblable dessein?
THEANE.
Comme tu vois pour toy, son cœur inaccessible
Rien ne captiue-t'il ce vainqueur insensible?
CEPHISE.
Neree en est cherie, & ses vœux mutuels
Entretiennent mes maux, si longs, & si cruels.
THEANE.
Quoy, la sœur de Thimante?

LE FILANDRE

CEPHISE.

Ouy, l'ayme, & le captiue
Il vous donne des vœux, lors que sa sœur m'en pri-
ue,
Il vous offre son cœur, tandis qu'elle me perd,
La sœur me desespere, et le frere vous sert,
Mais, qu'il ait tous les biens que le Ciel luy destiné
Et que mon interest ne soit point sa ruine,
Voüés vostre franchise à ce fidelle amant,
Et ne reculés point pour mon aduancement,
Que son repos, ma sœur, succede à ses supplices
Et mon soulagement naistra de vos delices,
Voyant en son bon-heur la iustice d'amour
Ie viuray dans l'espoir, de l'éprouuer vn iour,
Ses maux sont infinis, & vostre resistance
Auroit pû ruiner la plus forte constance.

THEANE, tirant vn papier de sa poche.

Il a beaucoup souffert, si ces lignes au moins
Sont de sa passion de fidelles tesmoins,
Ie les receus hier, écoute en quel langage
Sa plume a figuré sa peine, & son seruage.

CEPHISE.

Donnés que ie les lise.

THEANE.

Ecoutés seulement,

A l'aymable beauté qui cauſe mon tourment.

STANCES.

DOnc en cette ſaiſon nouuelle,
Ou toutes choſes font l'amour
Theane eſt encor ſi cruelle,
Qu'il faut que ie perde le iour,
Son ame eſt encor dépourueuë.

CEPHISE.

Voicy Filandre,

THEANE, s'en allant.

Adieu, ſauue moy de ſa veuë,
Tu me retreuueras ſous ces feüillages verds
Où ie vais admirer la ſuite de ces vers.

SCENE TROISIESME

FILANDRE, CEPHISE,

FILANDRE.

Elle se va seoir sous des arbres. **V**N mot, belle insensible! elle fuït l'inhumaine
Ie remarque par tout des effects de sa hayne,
Apres tant de refus, l'aymant si lâchement,
Filandre, son méspris te punit iustement.

CEPHISE.

Pleignons nous à l'enuy, pleurons par compagnie
De deux cruels vainqueurs l'aueugle tyrannie,
Ie ne souspire pas pour vn obiet plus doux,
Mais plustost à l'enuy, croy moy, consolons nous,
Puisque nos desespoirs, nos souspirs, & nos larmes
Contre leurs cruautés sont d'inutiles armes,
Joignons, si tu me croys, le repos à l'amour
Aymons, mais sans haïr la lumiere du iour,
Quoy que pour Celidor, mon amour soit extréme
Je l'ayme toutefois vn peu moins que moy-mesme,
Mon mal est violent, mais il n'est pas mortel

Suy

Suy mes sages conseils, & le tien sera tel,
Tn frere m'est ingrat, & ma sœur t'est cruelle
Je souspire pour luy, tu souspires pour elle,
Par vn commun dess in moderons nos douleurs
Et dispensons nos yeux de la honte des pleurs.

FILANDRE.

Ton amour est legere, vn foible nœud t'engage
Et qui parle en amant tient vn autre langage,
Il n'est point de tourment egal à mon soucy
Quand l'amour est extréme, il est extreme aussi,
Les resolutions prouuent de la reserue
Et de la liberté que le cœur se conserue,
Sans trefue, les amants souspirent, sont ialoux,
Ils n'ont point de repos.

CEPHISE.

　　　　　Ouy, mais les amants foux,
Depuis qu'on a conçeu tant de melancholie
Et qu'on l'appelle amour, ie l'appelle folie,
Ma peine est supportable & le plaisir d'aymer
Modere de ce cœur le mal le plus amer,
Pour flechir toutefois cet esprit insensible
Il le faut auoüer ie ferois l'impossible,
Mais sans luy tesmoigner ces furieux transports,
Qui ioignent seulement la honte à nos efforts.

FILANDRE.

Si tu veux m'assister;

B

 LE FILANDRE

CEPHISE.

Et bien?

FILANDRE.

Sois asseurée

Que ie te puis seruir aux despens de Neree.

CEPHISE.

Jmportunant ton frere?

FILANDRE.

Et faisant plus encor

Il n'est pas mal-aisé d'aueugler Celidor,
C'est vn ialoux esprit, & le moindre artifice
Obtient vn prompt effect, où preside ce vice,
Laisse moy seulement tramer ce que ie veux,
Ie porteray son cœur à receuoir tes vœux.

CEPHISE.

Si t'obtiens de tes soings cet effect desirable
Filandre, heureux amy, que tu m'es fauorable,
Que puis-ie pour ton bien? & quelle inuention
Tenteray-ie en faueur de ton affection?

FILANDRE.

Par des moyens pareils, par de mesmes seruices
Tu peux faire à mes maux succeder les delices,
Peints Thimante inconstant aux beaux yeux de ta
  sœur,
Arrache luy ses vœux s'il en est possesseur,
Fay, mais subtilement, iuger à cette belle

Que tes yeux ont bleſſé cet eſprit infidelle,
Que ta grace a charmé ce malheureux amant,
Et qu'il te faiſt par moy découurir ſon tourment,
Tes ſoings me changeront cette belle inhumaine
Tu feras de Thimante vn obiet de ſa hayne,
I'auray trahy mon frere, & tu m'auras rendu
Par vn office égal, ce que tu m'auras deu.

CEPHISE.

Ouy, mais trahir ma ſœur! ô friuole penſee!
Le Ciel me l'a permis, quand vn Dieu m'a bleſſee,
Aux eſprits amoureux ces crimes ſont remis,
Et chacun ſe doit plus qu'à ſes meilleurs amis,
Donc, ne differons plus ce deſſein neceſſaire,
Et trompons à l'enuy, moy ma ſœur, toy ton frere,
Tirons de leurs ennuis noſtre contentement,
Mais qu'allons nous tenter? peut-eſtre vainement.

FILANDRE.

Les reſolutions, genereuſe Cephiſe,
Font plus de la moitié d'vne haute entrepriſe,
Rien ne peut ſucceder à des cœurs engourdis,
Mais le ſort faiſt beaucoup en faueur des hardis.

CEPHISE.

C'eſt faiſt, i'embraſſeray ce ſoing illegitime,
Mais tout ſe découurant, réponds tu de mon crime?

FILANDRE,

Lors que ie suis l'obiet de tout le chastiment
Mais i'en espere mieux, commençons seulement.

CEPHISE, tout bas.

As-tu quelque papier? tire-le de ta poche,
Fay que ma sœur le voye, elle est bien pres, appro-
che.
Presse moy de le prendre, & parlons vn peu haut
Tu verras ce dessein reüssir comme il faut.

FILANDRE.

Au moins reçoy sa lettre, ingrate, inexorable
Et cesse d'affliger cet amant miserable,
Qui haït à ton suiet le celeste flambeau
Et dont ta cruauté va creuser le tombeau,

THEANE, parmy les arbres.

De qui luy parle-t'il?

CEPHISE.

Donne.

FILANDRE.

Ingrate, barbare,

Indigne de l'honneur d'vne amitié si rare,
Insensible beauté, tu la romps? et ta main
Seconde les rigueurs de ce cœur inhumain?

CEPHISE.

Jugés de mon humeur par cette experience

Et ne m'obligés plus à tant de patience.

FILANDRE.

O Ciel! peux-tu souffrir!

CEPHISE.

          Adieu, certain soucy
Faict que i'ayme à resuer, laissés-moy seule icy.

FILANDRE.

Le temps le vangera, cruelle, dedaigneuse
Et le Ciel punira ton humeur orgueilleuse.

SCENE QVATRIESME.

THEANE, CEPHISE,

THEANE, venant à Cephise.

O Dieux! combien ie hay cet amant importun *Il s'en va*
Quel discours t'a t'il faict.

CEPHISE.

          Un compliment commun.

THEANE.

Sur la fin toutefois, il parloit d'autre sorte.

CEPHISE, froidement.

Il ne m'entretenoit de rien, qui vous importe.

THEANE.

Il veut par ton moyen, me parler, & me voir,
Confesse, n'a-t'il pas imploré ton pouuoir?

CEPHISE.

Ie l'aurois excusé, non, mais,

THEANE.

Quoy, mais possible
Que trouuait mon esprit à ses vœux insensible,
Il a dessous tes loix engagé son desir?
O Dieux qu'il m'auroit faict vn sensible plaisir!

CEPHISE.

Il ne trouue qu'en vous le suiet de sa peine,
Et quand il m'aymeroit son amour seroit vaine,

THEANE.

Enfin, ma chere sœur, ne dissimule point
Vn secret déplaisir à ta froideur est ioinct,
Et l'alteration qu'on voit en ton visage
D'amour, ou de mespris, est vn clair tesmoignage,
Filandre te plaist-il?

CEPHISE,

Comme il plaist à vos yeux.

THEANE,

Il n'est à mon suiet, ny vain, ny glorieux,
Il vanteroit à tort les noms que ie luy donne
Ie croy qu'il est si bon, qu'il ne blesse personne.

CEPHISE,

Ie ne l'abaisse point, il a des qualités
Capables d'asseruir beaucoup de libertés,
Mais il addresse ailleurs ses yeux, & sa pensee,
Et ie n'ay pas dessein d'en estre caressee.

THEANE,

Il tenoit vn papier au poinct de son depart
Te le presentoit il, pour m'offrir de sa part?

CEPHISE.

Non,

THEANE.

Ie l'ay veu menteuse, à la faueur de l'ombre
Et ie vous écoutois en cet endroict si sombre.

CEPHISE.

Vn amant, par sa voix imploroit mon secours
Mais brisons, ie vous prie, ou changeons de discours.

THEANE

Tu m'offenses, ma sœur, quelle iniuste croyance
Quel aueugle soupçon cause ta deffiance,
T'es-tu dessus ma foy fiee à tes despens
Et parlay-ie de rien, si tu me le deffends?

CEPHISE.

Qu'en l'esprit des mortels l'inconstance est commune,
Mais i'ay trop dit, adieu, ce discours m'importune.

THEANE, la retenant.

Acheue le pourtant tout importun qu'il est,

Car ce discours, sans doute, est de mon interest,
Tu sembles me cherir d'vne ardeur si parfaite
Et tu pourrois, ma sœur estre amie & secrette,
Tous ces efforts sont vains, ie ne te quitte point,
Ou tu contenteras mon esprit sur ce poinct.

CEPHISE.

Thimante est trop coupable, il faut que ie le die,
Prepare des desseins contre sa perfidie,
Etein ces feux naissants & perds le sentiment
Que tu m'as tesmoigné pour cet indigne amant,
Voy ce leger esprit d'vn œil aussi seuere
Que tu me verras sourde à sa lâche priere,
Filandre en sa faueur imploroit ma pitié,
Que dis-tu la dessus? vante son amitié,
Iuge s'il obtiendra ma faueur imploree,
J'ay chassé son amy, sa lettre dechiree,
Et reparty de sorte aux discours qu'il m'a faicts
Que Thimante est bien vain, s'il m'approche ia-
    mais,
Que ie te plains, ma sœur, si ton mal est extré-
    me.

THEANE froidement, en s'en allant.

Que mon suiet soit vain cherisses qui vous ayme.

CEPHISE, la voyant sortie.

Que ce discours la touche, & qu'vn prompt changement

A ioinct

A ioinct son desespoir à son etonnement,
Mon dessein me succede, & i'ay dans son visage
Veu d'vn mespris aueugle vn asseuré presage,
Excusés, iustes Dieux de sensibles accés
Et tirés de ma feinte vn prospere succés.

SCENE CINQVIESME.

THIMANTE, CEPHISE,

THIMANTE.

A Quoy songe Cephise?

CEPHISE.

    A quoy songe Thimante
D'importuner de vœux vne orgueilleuse amante,
Crois tu la disposer à receuoir ta foy?

THIMANTE.

Le temps peut tout changer.

CEPHISE,

    Il ne peut rien pour toy.

THIMANTE,

Il calme la fureur des plus fieres tempestes

C

Il abat des rochers les orgueilleuses testes,
Il change tout le monde, & tu penses qu'un cœur
Puisse euiter long-temps ce glorieux vainqueur.

CEPHISE.

Il peut tout sur nos corps il détruit la nature
On ne peut euiter sa défaite future,
Mais l'esprit ne suit pas le changement des ans
Et ne releue point de l'Empire du temps.

THIMANTE,

Qui t'oblige à ces mots? cette Reyne des belles
Combat elle mes vœux par des rigueurs nouuelles?
Apprens moy mon malheur?

CEPHISE.

            Tu le cognois assés
Ne te suffit-il pas de ses mespris passés ?
Peux tu pretendre encor le bien, qu'elle te nie
Et crois-tu vaincre vn iour, sa rigueur infinie?

THIMANTE.

La pitié peut changer les mespris les plus forts,
Mon trepas, apres tout suiura mes vains efforts.

CEPHISE.

Meurs donc, sans plus attendre, et t'épargne la pei-
ne
Qu'on te verroit souffrir, en sa recherche vaine,
Thimante il est aysé de parler du trépas

Ie veux mourir souuent & ne me haste pas,
La vie est à chacun vne belle maistresse
Tous l'ayment ardemment quelque autre qui les
  blesse,
La mort est en ce temps vn rare effect d'amour
Et pour quoy qu'on en ayt on en a pour le iour.

THIMANTE.

Depuis qu'on a perdu l'espoir dont on se flatte
Le iour est odieux, mais voyons cette ingratte,

CEPHISE, le retenant.

Où vas-tu malheureux, adresse ailleurs tes pas
Theane asseurement ne te souffrira pas.

THIMANTE,

Obtiens moy ce bon-heur.

CEPHISE.

                        Son expresse deffense
Doit obliger tes yeux à souffrir son absence,
Ie serts ta passion ie parle de tes feux
Et ie la sollicite à receuoir tes vœux,
Mais ie ne puis flechir ce superbe courage
I'auancerois autant en priant son image.
Ma sœur, m'a-t'elle dit, cet importun amant
Pour mon occasion endure vn vain tourment,
Mon dessein n'a point faict son ardeur importune
Et ie ne respons point des coups de la fortune.

Tasche de m'exempter de l'importunité
D'vn amant si parfaict mais si peu souhaitté,
Dy qu'vn mal de costé m'arreste au lict encore
Ou que ie suis sortie, au leuer de l'aurore.

THIMANTE, voulant tirer son
espee.

Perds malheureux amant pour ton mal si constant
Le iour apres l'espoir.

CEPHISE, la retenant.

                  Ne te haste pas tant
Inuente si tu peux des moyens salutaires
Mais ta mort ne pourroit aduancer tes affaires.

THIMANTE.

Ie viuray, pour seruir, cet obiet precieux
Ie cheriray mes maux, s'ils luy sont glorieux,
En mourant ie l'offense, & ie la faicts coupable
De ce tragique effect de mon sort lamentable,
J'ay le prix de ma peine, & ie suis satisfaict
Si sa gloire dépend du mal qu'elle me faict,
Adieu, ie t'obeys.

                 CEPHISE.
                   Que ta constance est rare!
J'employray tous mes soings, contre cette barbare,
Et s'ils ont quelque effect, ie te mande en ce lieu.

                 THIMANTE.
Ie n'espere qu'en toy!

CEPHISE.

Crains toutefois; adieu;

Enfin vn rare effect succede à mon adresse
Je trompe également l'amant, & la maistresse,
Et ie puis esperer la fin de mon tourment
Si Filandre me sert aussi fidellement,
C'est trahir, toutefois, des amants que i'estime!
Vn secret repentir, me reproche mon crime?
Mais forçons tout respect, & tentons iusqu'au bout
Vne fille amoureuse, est capable de tout?

Estant
seule.

C iij

ACTE II.
SCENE PREMIERE.

FILANDRE, CELIDOR,

CELIDOR.

*Q**Ve dis-tu là dessus?*
FILANDRE.
Il est vray que Nereë.
Peut d'vn cœur amoureux, sans crime estre adorée
Ce Dieu, qui range tout, sous le ioug de ses loix
Ce glorieux vainqueur des peuples, & des Rois,
Tire de sa beauté, d'inéuitables armes
Et par ses propres traicts, faict moins que par ses
charmes,

Mais Cephise, mon frere, a d'autres qualités
Son œil est vn vainqueur fatal aux libertés,
Son esprit est charmant, et son merite extréme,
Si l'amour a des yeux, captiue l'amour mesme;
Tu ne peux toutefois, partager ses douleurs,
Et tu vois d'vn œil sec, ses yeux moüillés de pleurs;
Est-ce que la beauté, faict la tristesse belle?
Pour cette occasion, sa douleur te plaist elle?
L'aymes-tu malheureuse, & triste, comme elle est?
Et la faicts tu souffrir, parce qu'elle te plaist?

CELIDOR.

Veux-tu qu'vn mesme cœur, souffre vn double mar-
    tyre,
Que sur moy deux obiets ayent vn égal Empire?
Et puis-ie sous le ioug de leurs diuerses loix,
Entretenir Cephise, & Neree à la fois?

NICANDRE.

Cognois-tu bien Neree?

CELIDOR.

           Assés pour la deffendre
Contre l'iniuste effort des mespris de Filandre,
Qui ne cede à ses yeux, & quels Astres pareils,
Egalent la clarté, de ces ieunes Soleils?

FILANDRE.

Elle brusle pour toy? tu possedes son ame?

CELIDOR.

J'oze sans vanité, m'asseurer de sa flame,
Et ie la trouue aueugle en ce poinct seulement,
Qu'elle pousse des vœux, pour vn indigne amant.

FILANDRE.

Hà! si Neree vn iour me permet de te dire,

CELIDOR.

Quoy?

FILANDRE.

Ie n'acheue point, ce mot te doit suffire,
Nourry, le vain tourment, dont ton cœur est atteint.

CELIDOR, s'en allant.

Adieu, frere, & croy moy, ne plains point, qui te
plaint.

FILANDRE, seul.

Je ne voy point encor son ame preparee
Aux aueugles soupçons, de la foy de Neree,
Et leur amour est tel, qu'il est bien mal-aysé,
De desunir leurs cœurs, comme i'ay proposé,
Mais en moy leurs desseins ont vn fort aduersaire
Je respecteray peu, la qualité de frere,
Ie vais chercher Neree aux vallons d'alentour,
Et pour mon interest deseruir leur amour.
Qu'elle vient à propos.

SCENE

SCENE DEVXIESME.

FILANDRE, NEREE,

FILANDRE, continuë.

Qvel accident étrange
Porte si láchement vos deux esprits au change?
Que t'a faict Celidor? & de quel traictement
As-tu pû rebuter ce malheureux amant?

NEREE.

Que me dis-tu Filandre?

FILANDRE.

A t'il à tes merueilles
Treuué des qualités, & des graces pareilles?
A t'il en ses discours, ou dans quelque action,
Manqué de courtoisie, ou de discrction?

NEREE.

Qu'est-ce que tu me dis?

FILANDRE.

Son respect, & sa flame

D

Estoient ils ou suspects, ou capables de blâme?
Tes yeux, n'estoient ils pas les vainqueurs absolus
De ce cœur inconstant, qu'ils ne possedent plus?

NEREE.

Eclaircy la dessus, ma croyance incertaine,
Que ton discours me cause une ennuyeuse peine!

FILANDRE.

Un esprit moins subtil, te croiroit à te voir
Quand tu feints dignorer, ce que ie veux sçauoir,
Ton cœur, ne peut fier ce discours à ta bouche
Tu n'ozes tesmoigner que ce malheur te touche,
Et cognoissant ta faute, & ta legereté
Tu veux à ton regret, ioindre la vanité.

NEREE.

Parle plus clairement.

FILANDRE.

Que tu faicts l'ignorante
As-tu pour Celidor une ame indifferente,
Cruelle trouuois-tu son seruice ennuyeux?
Et ne plût il iamais, à tes superbes yeux?

NEREE.

Que tu me faicts languir! au nom d'amour, Filan-
dre,
Apprens moy là dessus, ce que i'en puis entendre,
I'ignore le suiet des discours que tu faicts

Croy, ce que ie te dis, ou ne me croy iamais.

FILANDRE.

Peux-tu dissimulee, ignorer que Cephise
De ton perfide amant captiue la franchise?

NEREE.

O Dieux! que me dis-tu?

FILANDRE.

    Comment, tu m'en sçays rien?
Tu n'as pas de ton crime, authorisé le sien.

NEREE.

Acheue ie te prie.

FILANDRE.

    En cette mesme place,
Mon frere, m'a-t'il dit, i'implore icy ta grace,
Ie perds sans ta faueur, la lumiere du iour,
Sers le plus malheureux des prisonniers d'amour;
Quoy, me suis-ie écrié, l'infidelle Neree,
A-t'elle de tes feux, sa flame separee?
D'autres ont ils atteint cet obiet amoureux?
Plûst au Ciel, m'a-t'il dit, ie m'emploirois poureux,
Cephise est la beaute dont mon ame est rauie,
Va faire à cette belle vne offre de ma vie,
Ne m'interroge point dessus ce changement,
Dans peu tu sçauras tout, parle luy seulement;
Il eust continué, mais t'ayant apperceuë

Cet infidelle amant s'est souftraict à ma veuë,
Et i'attendois de toy, cette confeßion,
Que tu n'ozes fier à ma difcretion;
Dy moy tout.

NEREE.

    L'innocent qu'on accufe d'vn crime,
Entendant de fa mort, l'arreft illegitime,
A moins d'étonnement, & de confufion,
Que ce cœur n'en reffent, en cette occafion,
Le traiftre ayme Cephife! & ce lâche homicide
Eft capable vne fois du titre de perfide!
Il gouuernoit mon cœur par des hommages feints!
Ce tyran de mes vœux attiroit mes deffeins!
I'immolois des foufpirs, à cet efprit volage!
Et ma lâche raifon cheriffoit fon feruage!
Tu m'obliges Filandre, & cet heureux aduis
Dégagera mes fens fous fes loix afferuis,
Il eft vray, ie l'aymois, et ma fureur extréme
Rendroit vn moindre efprit dangereux à foy-mef-
  me,
Ce fenfible meffpris, armeroit des humains
Contre leurs propres iours, les plus timides mains,
Mais i'ay l'efprit plus fort, & par tout cette rage,
Eft capable de tout, finon en mon courage,
Un genereux deffein peut vaincre ces douleurs

Et ie suis preparee à de pires malheurs.
FILANDRE.
Si ie voy cet ingrat, & que sa repentance,
A sa remißion inuite ta constance.
NEREE.
C'est beaucoup, qu'vne fois il ait pû m'enflam-
mer,
Qu'il ayme cette belle, ou qu'il cesse d'aymer.
FILANDRE.
Si l'œil moüillé de pleurs, il implore ta grace.
NEREE.
Je croiray ton conseil, que faut-il que ie fasse.
FILANDRE.
Il la doit obtenir de ton affection,
Mais qu'vn peu de froideur soit sa punition.
NEREE, en cholere.
Qu'il suiue tes aduis, & qu'en cette esperance,
Il tente mon ardeur, & ma perseuerance,
Et dans ce changement, par mes iustes mespris
Apprens l'art de punir de volages esprits,
Les visibles effects d'vne peine infinie
La voix de tout le monde en sa faueur vnie,
Ses yeux, qui l'ont trahy, ces laches criminels,
Changés par ses remords, en ruisseaux éternels,
Son visage mourant, sa main, et son épee,

En son perfide sang, deuant mes yeux trempee,
Son cœur mis en mes mains, l'instant de son trépas
Et son dernier souspir ne me toucheroit pas.
Je verrois d'vn mesme œil, ses mespris, et sa pei-
    ne
Ce cœur, comme en l'amour, est constant en la hay-
    ne
Porte le de ma part, à ne me voir iamais
Cet aduis est encor vn bien que ie luy faicts,
Adieu;

Il s'en va.

FILANDRE,
Quelle fureur agite sa pensee!
Et quel trouble saisit vne amante offensee!

Il s'en va.

SCENE TROISIESME

NEREE, CELIDOR,

CELIDOR, rencontrant Neree.

Quelques nouueaux pensers t'arrestoient en ce
    lieu.

Ou communs ou nouueaux, il ne t'importe,
adieu.

CELIDOR, la retenant.

O Dieux! quelle froideur, sur ce visage est pein-
te.

Neree, adiouste vn mot, & dissipe ma crainte,
Tu trembles, tu paslis, Dieux! qu'est-ce que ie
voy?

NEREE, se retirant de ses mains.

Que veut cet insolent? effronté, laisse-moy.

CELIDOR, seul. *Elle s'en-*
fuit.

D'où prouient, Dieux cruels, ce changement ex-
tréme;
Est elle encor Neree, ou suis-ie encor moy-mesme?
Dieux! quel iuste suiet de hayne, & de rigueur,
M'altere ses attraits, & me change son cœur?
Neree, ay-ie trahy l'amitié qui nous lie?
Tu tremblois à ma veuë, & ta face est pallie!
O Dieux! qu'opposeray-ie à mes naissants ennuys?
Et qui me peut tirer de la peine où ie suis?
Ay-ie par imprudence excité sa cholere?
J'ay sousmis toute chose au dessein de luy plaire,
J'ay gouuerné ma vie, auecques tous les soings
Qui pouuoient de mes vœux rendre ses yeux tes-
moings,

Ie n'ay veu que Neree, et mesme m'a pensee,
A d'autres entretiens, ne s'est point dispensee,
Depuis l'heureux moment, que son bel œil me prit
Il plaist seul à mes yeux, & seul à mon esprit,
L'ingrate, toutefois, si-tost qu'elle m'a veuë
De mes tristes regards a détourné sa veuë,
Ie reçoy des mespris, d'où i'attendois des vœux,
La cruelle me nie vn moment que ie veux,
Et sans m'entretenir du suiet de sa hayne
Elle laisse ma vie, & ma mort incertaine,
Ma mort te plaira-t'elle, inhumaine beauté?
Rage, pleurs, désespoir, aydés sa cruauté,
Vous treuués à vos coups vne ame preparee
Finissés vne vie odieuse à Neree,
Mort, sur mes tristes iours, exerce ton pouuoir
Puis que ie ne puis viure, & cesser de la voir,
Beaux lieux, chers confidents, des secrets de Ma-
    dame,
Quel accident fatal me chasse de son ame,
Peut-elle aymer ailleurs, & puis-ie innocemment
Reprocher à son cœur ce honteux changement,
Bois, tesmoin de mes pleurs, fidelle secretaire
Peux tu voir sa beauté me trahir, & le taire?
Mais ô friuole crainte, inutile discours,
Comme elle ces deserts, sont et muets, et sourds,

Et

Et s'ils ne l'estoient pas, apres cette aduanture
Ils tiendroient à faueur de changer de nature,
Ces timides obiets, honorés de ses pas
Voudroient perdre la voix, pour ne la trahir pas,
Enfin ce corps lassé, succombe à ma tristesse
La chasse, & mes ennuys causent cette foiblesse,
Sommeil, sois eternel, & perdés tristes yeux,
Perdant vostre Soleil, la lumiere des Cieux,

Il s'en
doit.

SCENE QVATRIESME.

CEPHISE, le voyant endormy.

Redoublés vos accés, amoureuses atteintes
Ie voy l'indigne obiet de mes secretes plain-
  tes;
Que d'vn prompt changement, mes esprits sont tou-
  chés,
Cephise, que crains-tu, tes vainqueurs sont cachés,
Vn aymable repos, tient ses paupieres closes,
Tu ne verras en luy que des lys, & des roses,
Il n'offre à tes regards, que ses moindres appas,
Et ces Astres couuerts ne t'eblouiront pas.

E

Psiché, le cœur saisi d'vne crainte pareille
S'approche quelquesfois de l'amour qui sommeille,
Et Venus, obseruant ces respects infinis
En faueur du sommeil, va baiser Adonis,
En ce rauissement, que l'amour, & la crainte,
En l'esprit d'vne fille apporte de contrainte!
Helas! qu'opposerois-ie à ce doux ennemy
Quand il est éueillé, s'il me blesse endormy,
Mais, ô friuoles peurs! ménageons sa presence
Que ie dois au sommeil, plus qu'à sa complaisance,
Voyons auec plaisir ce visage charmant,

Elle se met à genoux auprés de luy,

Si doux, & si fatal à mon contentement,
Admirons en repos, ces attraits qui m'en priuent,
Et baisons sans rougir, ces mains qui me captiuent,
Croissés, sainctes ardeurs, qui consommés mon cœur,
Il est doux de souffrir pour vn si beau vainqueur,
Chers liens des esprits, iadis de mesmes tresses,

Luy touchant ses cheueux.

Le Roy de la lumiere, enchaisnoit ses maistresses,
Vostre nombre infiny, beaux chaisnons desliés
N'égale pas celuy des cœurs que vous liés,
Cephise, vse du temps, & que ces belles chaisnes
Si tes souspirs sont vains, au moins payent tes pei-
nes

Elle tire des ciseaux d'vn estuict, qu'elle a en sa poche.

Coupe de ces cheueux, mais si subtilement
Que tu n'éueilles pas cet agreable amant,

O larcin precieux! ce thresor estimable
Est le suiet du crime, & liera le coupable.

SCENE CINQVIESME.

FILANDRE, CEPHISE,

FILANDRE, de loing.

Cephise, que fais tu?
CEPHISE,
   Qui porte icy tes pas?
Tu pourrois l'éueiller, attens, n'approche pas.
FILANDRE.
Tu ne peux contenir ton ardeur apparente
Et quand ie plains mes maux, tu faicts l'indiffe-
rente.

CEPHISE,
Ie ne preuoyois pas tes regards indiscrets
Et tous effects d'amour, sont beaux, s'ils sont secrets,
Je ne me cachois pas aux obiets de ces plaines
Je ne redoutois point, ces fleurs, ny les fontaines,
Comme elles, ce rocher, n'entend, ny voit, ny sent

Elle se le-
ue, & va à
luy.

Et toy seul as cogneu ce larcin innocent,
Ta veuë eust diuerty cette ieune licence
Mais c'est à Celidor vne legere offence.

FILANDRE.

Ses cheueux luy sont chers.

CEPHISE.

Mon cœur m'est cher aussi
Et l'ingrat me l'a pris : mais tirons nous d'icy,
Et vien sous ce feüillage, en quatre mots appren-
dre
Ce que i'ay faict tantost en faueur de Filandre.

FILANDRE,

En ce mesme entretien, tu sçauras a ton tour
Auec combien d'ardeur i'ay seruy ton amour.

CELIDOR, dormant.

Ils s'en vont dans le bois.

O merueille adorable aux yeux de tout le monde,
Neree, arreste icy ta course vagabonde,
Voy la sueur épaisse, & les ruisseaux de pleurs,
Dont i'arrose tes pas, imprimés sur ces fleurs,
Elle fuit l'inhumaine, & sa vitesse extréme
Egale en ces deserts, celle du foudre mesme,
Helas ! ie ne voy plus, cet obiet precieux
Ces détours infinis, l'ont rauie a mes yeux

Il se sousleue.

Cours malheureux amant, employe icy ta peine,
Et perds, en la seruant, la vie, apres l'haleine,

Qu_e_ vois-ie, qu_e_ pourſuis-ie, inſenſé qu_e_ ie ſuis Il s'éueil-
O reſueil importun! ô clarté que ie fuis! le.
Porte ailleurs tes rayons, laiſſe au feu du tonnerre
Le ſoing d'illuminer cet endroict de la terre,
Ma mort ſera le prix du iour qu'il donnera
Et meſ iours acheués, ton Aſtre éclairera, Il ſe leue.
Enfin, que reſoudra ma douteuſe penſee
En l'extréme douleur dont mon ame eſt preſſee?
Feray-ie à cette ingrate, & perfide beauté
Voir le dernier effect de ſa legereté?
Ma main teinte en mon ſang , & ma veuë eſga-
  ree,
Me procurera-t'elle vn ſouſpir de Neree?
Há! que ie treuuerrois mon deſtin glorieux
Si mourant, ie tirois des larmes de ſes yeux,
Que ie prefererois vne mort regretee
A la poſſeſſion d'vne ame reiettee
D'vn rebut de Neree.

SCENE SIXIESME.

FILANDRE, CEPHISE, CELIDOR.

CEPHISE.

Il nous voit, auançons,

CELIDOR.

J'espere par ces gens éclaircir mes soupçons,
Mais pour les écouter, auant que de paroistre
Cachons nous vn moment, à l'ombre de ce heytre.
FILANDRE, dit à Cephise tout bas.
Il se cache à nos yeux, & cette occasion,
Nous seru ra, Cephise, à sa confusion,
Parle moy de Neree, & de son inconstance
Et croy, qu'il nous écoute, approchons nous, com-
mence.
CEPHISE, parlant haut,
O Dieux! que me dis-tu?

FILANDRE.

Ie dis la verité.

CEPHISE.

Et tu sçays de sa voix son infidelité?

FILANDRE.

Ecoute ie faisois au recit de mes peines,
Répondre les Echo des bois, & des fontaines,
Et ces rochers touchés des douleurs que ie sents
Imitoient mes souspirs, et mes derniers accents,
Ie loüois de ta sœur, la beauté sans pareille
Quand vne voix plaintiue, arriue à mon oreil-
*   le,*
Filandre, ay-ie entendu, Theane a de appas,
Mais ton œil en a veu, qui ne leur cedent pas,
Moy, surpris à ces mots, et la veuë égaree,
I'auance dans le bois, & i'apperçoy Neree.

CEPHISE.

Que luy répondis-tu?

FILANDRE.

*   Que ie tenois ses yeux,*
Entre les doux vainqueurs, qui regnent en ces
*   lieux*
Que i'aymois sa vertu, que son merite extrême
Pourroit pretendre vn prix auec Theane mesme,
Que mon frere éprouuoit la force de ses traicts.

LE FILANDRE

CEPHISE.

Et que dist-elle?

FILANDRE.

Attend, tu le sçauras apres,
Mais, adiouftay-ie alors, mon amour me conuie
A fouftenir Theane, aux deffens de ma vie,
I'eftime que tout cede à fes doux ornements
Cette croyance eft libre aux efprits des amants,
Il eft vray, me dit-elle, & ie puis fans offence
Auoir en ta faueur vne égale croyance,
Ie croy que tes attraits, font les plus doux vain-
  queurs
Qui feruent à l'amour à captiuer les cœurs,
Et ie te viens, enfin, toute honte bannie
Auoüer les effects, de leur force infinie,
Mon œil t'en a parlé, mais tu ne l'entends point
Et ton aueuglement, à mon malheur eft ioinct,
I'ay pour te faire mieux fçauoir mon infortune
Souffert de Celidor la recherche importune,
Ie receuois fes vœux, ie l'ay veu fans mefpris
Mais toy feul, cependant, engageois mes efprits,
Et ie ne le fouffrois, que pour eftre foufferte
De tes yeux, d'ou dépend mon repos, ou ma perte,
Iugés quel ie deuins; Madame, dif-ie alors
Ie fçay que cette gloire excede mes efforts,

Vou:

Vous feignés seulement, cette amoureuse peine,
Pour auoir le plaisir de rendre vne ame vaine,
Mais il est mal-aysé, cognoissant mes deffauts,
Je sçay vostre merite, & le peu que ie vaux,
Honorés Celidor de cette courtoisie,
Et l'aymant, preuoyés sa iuste ialousie,
Mon respect à ces mots, ioignit de long discours,
Dont Neree en colere interrompit le cours;
Bien, ingrat, me dit-elle, vn moyen necessaire
Me fera mespriser, et l'vn, & l'autre frere,
Puisque par ta rigueur mes vœux sont reiettés,
Celidor se plaindra des mesmes cruautés,
Cette fille à ces mots, se perdit dans les ombres,
Et me laisse confus, sous ces feüillages sombres;

CEPHISE.

Ainsi de Celidor, l'espoir sera deçeu;
Que t'en tesmoigne-t'il, s'en est-il apperceu,

FILANDRE.

Tantost, en ta faueur i'ay sa grace imploree,
Sans ozer, toutefois, luy parler de Neree,
Car si i'en puis iuger, il l'ayme infiniment,
Et ie crains vn malheur de son ressentiment;
Il aura sa cholere assés tost recognuë,
Adieu, ie vais chés nous, attendre sa venuë.

Il s'en va.

SCENE SEPTIESME.

CELIDOR, sortant du bois.

NEREE, CEPHISE.

CELIDOR,

Donc ce cœur a pouſſé des ſouſpirs ſuper-
flus.
CEPHISE, ſe tournant vers Filandre.
Filandre le voicy, mais il ne m'entend plus.
CELIDOR.
Dieux ! vous laiſſés le iour, à cette criminelle?
Et vous n'aués ny mains, ny ſupplices pour elle?
Vous puniſſés le vice, arbitres des mortels
Et vous ſouffrés Neree, aux pieds de vos autels;
Ou ſur elle, ou ſur moy, monſtrés voſtre puiſſan-
ce,
Que la mort ſoit ſa peine, ou ſoit ma recompen-
ſe.

CEPHISE.

Exauce en ma faueur de semblables souhaits,
Ciel puny cet autheur des plaintes que ie faicts,
Que mon mal, ou le sien tesmoigne ta Justice,
Que son trépas me vange, ou le mien me gueris-
    se;
Mais viuons, Celidor, & viuons satisfaicts,
Fuy ce que tu cheris, ayme ce que tu hays,
Recognoy la fidelle, & puny l'inconstante
Rends Neree enragee, & Cephise contente,
Tu ne me parles pas?

CELIDOR.

                    Importune beauté,
Oblige vn autre obiet de ta fidelité,
Tu ne peux m'honnorer d'vne amour legitime
Quand tu m'offre des vœux, tu tache ton esti-
    me,
Qui me cognoist me fuit, & i'attire tes pas
Tu poursuis le rebut de qui ne te vaut pas?

CEPHISE.

T'offençant, tu me nuis, ton merite est extré-
    me,
Cruel, en t'estimant, estime ce que i'ayme,
Tu sçais ce que tu vaux, insensible vainqueur,
Mais cette modestie importe à ta rigueur,

Ton cœur se met si bas, pour estre inaccessible,
Et ton abaissement est vn refus visible.
CELIDOR.
Croy ce qui te plaira, mais tu sçais mes ennuys,
N'attends point de response, en l'estat où ie suis.
CEPHISE.
Tes yeux aussi, (cruel) sont tesmoins de mes pei-
    nes
Je combats vainement tes rigueurs inhumaines,
Et lors que ie te dis, l'excés de mon tourment
Tu ne m'honores pas d'vn regard seulement,
Cruel, ingrat autheur, de mon inquietude
Quel vice est comparable à ton ingratitude?
CELIDOR.
Cephise d'autres soings occupent mes esprits,
Les importunités, accroissent les mespris.
CEPHISE, luy tirant son espee, & se retirant de luy,

Elle la re-
garde
long-
temps.
Elle fait
mine de
se vouloir
tuër.
Celidor
la regarde
sans s'e-
stonner.

Et bien lâche suiet de ma longue infortune
Il faut cesser de viure, & de t'estre importune,
Je dois finir ma vie, auec cet entretien,
Et i'ay trop prolongé mon martyre, & le tien,
Ce fer m'ouurant le sein, au moins ouure la bou-
che
Et dy moy seulement, que mon malheur te touche,

Non, ie faicts ce deſſein vn peu legerement
Et tu m'aurois vendu ce mot trop cherement;
Quoy, tu vois ſous ce fer, ma gorge découuerte,
Et ne détourne pas le deſſein de ma perte?

CELIDOR reprend ſon eſpee, que
Cephiſe a iettee à bas.

Pour attenter ſur toy, ton eſprit eſt trop ſain,
Et ie ſçay que tes mains ont trop peu de deſſein;
Ie cognois trop Cephiſe, & ſon humeur ioyeuſe,
Se rit des mouuements d'vne ame furieuſe;
Mais iuge de mes maux, par ceſte extremité
Tu ſçais mourir par feinte, & moy par verité;
Cephiſe, par ce coup, ie puny le coupable,
Dont le mal que tu ſents rend la mort equitable? Cephiſe
Voy perir d'vn œil ſec, l'autheur de ton tourment, le regarde
Et ne détourne point ſon iuſte chaſtiment; en riant.
Il eſt plus à propos d'imiter ta ſageſſe, Il la re-
Ton exemple s'oppoſe au deſſein qui me preſſe, garde, &
Le Ciel ne conſent pas à cét acte inhumain, puis dit
Et puis mes maux feront, ce qu'auroit fait ma remettant
main. ſon épee.

CEPHISE, riant.

Vn plus ſimple, euſt ſuiuy les conſeils de la rage,
Que i'appelle ſottiſe, & les autres courage;
Ie t'attends Celidor, au temps qui t'eſt preſcrit

LE FILANDRE

Le mespris, & l'amour, changeront ton esprit,
Songe à ma recompense;& de quoy que ie rie
Ne tien pas pour un ieu ma triste resuerie,
Ie sents pour ton suiet de veritables feux;

CELIDOR, s'en allant.

C'est inutilement,éteints les,si tu peux.

ACTE III.
SCENE PREMIERE.
THEANE, feule.

Veugles tyrans de mes iours,
Preſſants-tranſports, lâches amours,
Honteuſe inquietude
Que vous naiſſés hors de ſaiſon!
L'autheur de cette ſeruitude
Où languit enfin ma raiſon,
Faiêt ceſſer mon ingratitude,
Pour commencer ſa trahiſon,

J'ay long-temps fondé ſon reſpeêt
Son ſeruice m'eſtoit ſuspeêt,

Par sa peine infinie,
Mon cœur n'estoit point adoucy,
Et quand ma rigueur est bannie,
Et que i'ay part en son soucy,
Cet esprit inconstant me nie,
Ce que ie luy niois aussi.

Les regards d'vn œil plus charmant
Attirent ce perfide amant;
Quand il n'est plus en doute
Que sa prison plaise, il en sort;
Il se taist alors qu'on l'écoute
Il se lasse au dernier effort,
Et se iette en vne autre route,
Quand on luy presente le port.

Que l'inéuitable destin
Qui regit nos iours est mutin!
Aduanture fatale!
Le sort de libre que i'estois:
Me faict la honteuse riuale,
D'vne qui m'a parlé cent fois,
D'aymer cette ame desloyale,
Qui me tient enfin sous ses loix.

O friuole discours! tu pourrois lâche amante,
Conseruer tes desseins, en faueur de Thimante?
Tu souffres pour un traistre, alors qu'il est content!
Il te plaist infidelle, & t'a depleu constant;
Au moment de ton crime, il faict naistre ta peine,
Et tire ton amour, du suiet de ta hayne;
Indigne passion de ce superbe cœur,
Où l'on vid si long temps presider la rigueur;
Qui fut inaccessible au bel œil qui le blesse,
Et faillit par constance, autant que par foiblesse;
Ne delibere plus, triste source d'ennuys,
Force l'état honteux, où tes iours sont reduits,
Ta raison, peut dompter un dessein inutile,
Puisque des maux naissants le remede est facile;
Crains l'abord de Thimante, éuite ses appas;
Le voila, l'inconstant, fuy, cours, ne l'attend
     pas;

SCENE DEVXIESME.

THIMANTE, THEANE,

THIMANTE, courant apres.

THeane, où fuyés vous, ame insensible, & fie-
    re,

Des amants de ces lieux orgueilleuse meurtriere,
Prestes un seul moment l'oreille à mes discours,
Je ne veux implorer, ny pitié, ny secours;

THEANE.

Que te proffiteroient de si dures contraintes,
Tu n'es plus en état de m'adresser tes plaintes,
Effronté, laisse moy;

THIMANTE, la voyant fuyr.

Cours, ingrate beauté
Et fay plus que tes iours durer ta cruauté,
Egale à tes attraits, ta rigueur inhumaine,
Un genereux dessein me peut tirer de peine,
Je ne tenteray point des efforts superflus,

Il tient
Theane
par sa rob-
be.

Sans changer ton esprit, ie puis ne souffrir plus,
La mort me tirera des fers où ie souspire,
Et ce dernier des maux finira mon martyre.

SCENE TROISIESME.

THIMANTE, FILANDRE,

FILANDRE.

QVel accident, Thimante, altere ainsi tes
  sens?

THIMANTE.

L'insupportable excés des ennuis que ie sens;

FILANDRE.

Ton cœur est-il sensible aux traicts qu'amour te
  tire?
Vn homme, comme toy, preside en son Empire;
Les plus rares beautés t'importunent de vœux,
Et tu prescris des loix à celles que tu veux;

THIMANTE.

Adiouste à mes malheurs encor la raillerie,
Il ne m'importe, adieu, laisse-moy, ie t'en prie.

Filandre
l. veut re-
tenir.

G ij

FILANDRE, seul.

Il s'en va. *Theane, a rebuté ce malheureux amant,*
Cephife, en ma faueur a feint fubtilement,
Pourfuiuons deformais cette orgueilleufe amante,
Tirons noftre bon-heur, du malheur de Thiman-
   te,
Eftabliffons l'amour, où regne le mefpris,
Par droiƐt, ou par efprit, nos vœux, auront leur
   prix,
Je voy ce beau fuiet du feu qui me deuore
Et ie tremble, à l'afpeƐt de ces yeux que i'adore.

SCENE QVATRIESME.

FILANDRE, THEANE,

NEREE.

THEANE, à Neree.

IE hay cet importun autant que le trépas;

NEREE.

Le voulés vous chaffer, ne luy répondés pas.

THEANE.

Ie suiuray ton aduis;

FILANDRE.

Belle prison des ames,
Doux miracle d'amour, source de tant de flames;
Enfin, que produiront mes souspirs & mes pleurs,
Et quel terme est prescrit à mes longues dou-
    leurs?
Quels vœux succederont à vostre resistance?
Pour qui triompheront l'amour, et la constance?
Ces yeux qui charment tout, ces vainqueurs ab-
    solus,
Sont ils dessus ce choix, encor irresolus?
Honorés d'vn regard vne de vos conquestes,
Accordés vn mot seul à ses iustes requestes,
Me fermés vous l'oreille, et ne voyés vous pas
Vn malheureux captif, qui marche sur vos pas?

THEANE.

Que me dis-tu Neree?

FILANDRE.

                    O rigueur infinie!
I'implore vn seul regard, & l'on me le denie!
Insensible Theane, accordés vn moment,
Au recit des douleurs d'vn miserable amant;

THEANE.

O Dieux! que m'as-tu dit?

FILANDRE.

Jngrate, inexorable,
Fay moy voir ce bel œil, seuere, ou fauorable:
Cruelle, ie consents que mes souspirs soient vains,
Mais ouure au moins sur moy ces Astres inhu-
*   mains,*
Et ne refuse pas, à ma douleur profonde,
Ce que ta courtoisie accorde à tout le monde;
Orgueilleuse, esprit rare, entre les vains esprits,
Quelle rigueur insigne égale tes mespris?

THEANE, se tournant vers luy
dédaigneusement.

Jmportun laissés nous,

FILANDRE.

Elle con-
tinuë à
parle à
Neice,

Jndigne obiet que i'ayme,
Que le Ciel irrité te traicte vn iour de mesme,
Que la douleur preside en ce cœur de rocher,
Et qu'alors tes souspirs ne le puissent toucher
Qu'il te rende vn exemple horrible à tes pareilles,
Qu'il ferme à tes souhaits les yeux, & les oreil-
*   les,*
Qu'il s'oppose à tes vœux, & que tes vanités
Exercent la rigueur de ses diuinités,

Le temps eſt abſolu, ſur les plus belles choſes,
Il n'epargnera pas, ny ces lys, ny ces roſes;
Un leger accident peut gaſter ce beau teint,
Et changer les couleurs dont ce viſage eſt peint;
Tu peux ne cauſer plus, ny paſſion, ny peine,
Et d'vn obiet d'amour, eſtre vn obiet de hayne;
Comme ta cruauté me chaſſe de ce lieu,
Ta laideur quelque iour, m'en peut chaſſer, adieu.

THEANE.

Adieu; que ton conſeil, m'eſt enfin ſalutaire!

NEREE.

Pour leur fermer la bouche, il ne faut que ſe tai-
   re:
Mais ſçachant quel malheur trauerſe mon amour
Theane, tu me dois du conſeil à ton tour.

THEANE.

Fuy ſans deliberer, vn ingrat qui t'oublie
D'vn genereux effort, romps le nœud qui vous lie,
Le temps eſloignera cet obiet odieux,
De ton triſte penſer, s'il eſt loing de tes yeux:
Le temps, & la raiſon font ces metamorphoſes,
Ils ſont maiſtres d'amour, qui l'eſt de toutes cho-
   ſes:
Mais i'offre du remede au point de mon trépas,
Ie donne des aduis, & ie n'en vſe pas.

Commence.

THEANE.

He'las Neree, il faut que ie confesse;
Mais te dois-ie auoüer cette ardeur qui me pres-
se,
Que me sert de t'ouurir les secrets de mon sein;
Qu'a me rendre plus lâche, & ton frere plus
vain.

NEREE.

Mon exemple, t'oblige à cette confiance,
Theane, l'aymes-tu? que i'ay d'impatience.

THEANE,

Ie l'ayme, ie l'auoüe, & ce superbe cœur,
Qui vainquit tant d'appas, a trouué son vainqueur.

NEREE.

O glorieux effect d'amour, et de Iustice!
Il n'est point de rigueur, que le temps ne bannis-
se,
Il craignoit ton abord, & s'il ozoit te voir
Les foudres de tes yeux étouffoient son espoir,
Iamais l'auersion, n'a paru si constante
Qu'à combattre en ton cœur les desirs de Thiman-
te.

Ta

Ta rigueur ſi long-temps l'a traicté de refus,
Et tu luy donnes tout, quand il n'eſpere plus;
Il n'attend que la mort, melancholique, ſombre,
Triſte, paſle, deffaict, & deſia moins qu'vn om-
  bre;
Mais s'il ne te diplaiſt, ſi ſon deſtin eſt tel
Courons, faiſons vn Dieu, de l'ombre d'vn mor-
  tel,
Seule, iray-ie finir ma triſte reſuerie
Je reuiens de ce pas laiſſe moy, ie te prie.

THEANE.

Theane
la retient.

Non, non, que veux-tu faire, hé quoy, ne ſçais-
  tu pas.

NEREE, courant.

J'ay deſſein ſeulement d'empeſcher ſon trépas,
Ie ne parleray point de ta naiſſante peine,
J'arreſteray ſon ame, & ſans la rendre vaine,
Il laiſſera bien-toſt le deſſein de mourir
S'il apprend ſeulement que tu le peux ſouffrir.

THEANE, la tenant touſiours.

Demeure icy, Neree, helas! cette nouuelle
Toucheroit froidement cet eſprit infidelle;
De la part de ma ſœur, il en ſeroit charmé,
Mais venant d'vn obiet qui n'en eſt plus ay-
  mé,

H

Il en peut seulement tirer la vaine gloire,
De vaincre, et de pouuoir, mespriser sa victoi-
re;

NEREE.

Tu m'offenses cruelle, & ce dernier discours
Qui dément les premiers, m'oblige à son secours,
Tu peux ioindre, inhumaine, insensible courage,
A ces autres malheurs le tiltre de volage,
Tu hays, tu hays Thimante, & tu feints de chan-
ger,
Pour me paroistre iuste, & non pour l'obliger;

THEANE.

Helas! le Ciel cognoist si mon ame est atteinte,
Mais apprens de ma sœur le suiet de ma plain-
te,
La voila, parle luy;

SCENE CINQVIESME.

CEPHISE, THEANE, NEREE.

CEPHISE, baisant les cheueux de Celidor, dit:

C*Elidor, seul espoir.*

NEREE.

Que baises-tu, Cephise, attens, laisse moy voir.

CEPHISE, faisant la surprise.

Neree, arreste toy.

NEREE, luy ouurant la main.

Ta resistence est vaine;

CEPHISE.

Ta curiosité, pourra te mettre en peine;

NEREE, luy tenant tousiours la main.

Il n'importe, ie veux,

CEPHISE.

Quoy;

NEREE.

Voir ce que tu tiens;

CEPHISE.

Et bien, tu le verras, cognois tu ces liens?

NEREE, regardant les cheueux.

Sont-ils de Celidor? sa cheuelure est blonde,
O perfide, ô cruel, le plus traistre du monde!
Qui te les a donnés?

CEPHISE.

Mon desir, & ma main,
Car ie les ay coupés; mais ce discours est vain,
Tu ne peux sans regret, sçauoir d'où vient ce ga-
ge;
Et d'autres entretiens te plairont dauantage;

NEREE.

Helas! tu m'apprends tout, en ne me disant rien,
Il vient de Celidor, ce tyran de mon bien;

CEPHISE,

Te l'a-t'il confessé?

NEREE.

Depuis que ce volage,
A tes rares beautés rend un secret hommage,
I'éuite sa rencontre, & ie crains son abord,

Plus que les criminels ne redoutent la mort ;
Ie fuy les faux appas de cette ame traiftreffe ;
Tu l'honnores beaucoup, d'auoir pris cette treffe ;

CEPHISE.

Tu fçais, que mes douleurs ont gaigné fa pitié ;
Que fon cœur eft fenfible, à ma longue amitié ;
Il t'a long-temps feruie, & ie iure Neree,
Que i'ay long-temps auffi ton amour reueree,
Le refpect que i'auois pour tes vœux innocens,
M'a faict long-temps cacher, les douleurs que ie
  fens ;
Ie fouffrois tes plaifirs aux defpens de ma ioye,
Et n'ozois demander, ce que le Ciel m'octroye,
Mais qui vit fans fe plaindre au milieu des tour-
  mens ?
Et quel refpect enfin ne forcent les amants ;
Ie n'ozois deferuir ton amour fi cognuë,
Mais le defir croiffant, la crainte diminuë ;
Et i'ay faict à l'amour employer tous fes traicts,
Pour toucher cet autheur des plaintes que tu
  faicts ;
I'ay tenté tous moyens, tant qu'enfin mon adref-
  fe,
Ou fa facilité, m'établit fa maiftreffe ;
Il feint fubtilement, & fes fermens font vains,

Ou ie donne des loix , au plus beau des humains;
Mais, écoute comment, i'ay pris ces belles chaisnes,
A cet aymable autheur de nos communes peines,
I'employay la priere, & son humilité
Luy fist blasmer long-temps ma curiosité;
Les cheueux (me dit-il,) sont des presens des Da-
     mes,
Qui monstrent d'agreer le seruage des ames;
Mais, on n'a iamais veu, qu'vne fille ait porté
Ces signes de bassesse, & de captiuité:
Cephise, (disie alors) sera donc la premiere:
Là, mon authorité succede à ma priere,
I'approche les ciseaux , & coupe ces cheueux
Que n'oſoit m'accorder cét obiet de mes vœux;
Rends les moy, que faits-tu?
        NEREE.   rompant les cheueux:
                         Ce qu'en ma iuſte rage,
Ie ferois de bon cœur, si i'auois ce volage;
        CEPHISE.
O Dieux
        NEREE.
        I'oblige encor cet infidelle amant,
Par ces signes honteux de mon ressentiment.
Le suiet de sa gloire eſt ioinct à son supplice,
Et c'eſt l'auoir aymé, que de punir son vice.

CEPHISE.

Fay ce qui te plaira; mais, que ta paßion,
Exerce à mes deßpens ton indiscretion,
Noſtre seule amitié, rend ce mal supportable,
Et d'autres t'en feroient, vne plainte équitable.

NEREE.

T'imputay-ie les maux, dont mes iours sont sui-
uis,
Et t'ay-ie reproché, ce que tu me rauis?
Tu poursuis Celidor, & perdant sa franchise,
Ie ne t'accuse pas toutefois de sa prise,
Ayme ce beau vainqueur, tout coupable qu'il
eſt,
Dieux ! qu'il eſt mal-aysé d'oublier ce qui plaiſt?

THEANE.

Donc, pour Cephise, on quitte, & Theane, &
Neree,
Celle qui la fut moins, eſt la plus honoree,
Peut-eſtre, ton malheur auoit charmé les yeux,
Quand tu ne plaisois pas aux amants de ces lieux,
Mais auiourd'huy, tout cede à tes graces diuines,
Tu peux tout, maintenant, riche de nos ruines;
Thimante t'a-t'il faict, agreer son soucy?
Et ne portes tu point de ses cheueux aussi,
Ils ne déplaisent pas, sa cheuelure eſt belle.

CEPHISE, bas.

O Dieux! ie suis perduë, aduanture cruelle
La chaleur du Soleil, importune en ce lieu,
M'oblige à vous quitter, ie vays chés nous,
adieu.

NEREE, la retenant.

Non, non, parle vn moment de l'amour de Thi-
mante,
La chaleur auiourd'huy, n'est point si violénte,
Il implore tes vœux? en est-il possesseur?
Tu consideres trop l'interest de ta sœur?

CEPHISE.

Il m'ayme, ie l'auouë, & sa recherche est vaine,
I'ay condamné Thimante à sa premiere peine,
Il pousse en mon suiet d'inutiles soußpirs,
Et des Dieux ne pourroient partager mes desirs.

NEREE, faisant l'étonnee.

Cephise en donne ainsi?

CEPHISE.

Que veux tu que ie die?
Ie deuois à ma sœur conter sa perfidie.

NEREE.

Quoy, Cephise est si vaine?

CEPHISE.

O cette vanité.

Seroit

Seroit d'vn moindre honneur, que ie n'ay merité;
Et i'ay porté les yeux plus haut que ce volage,
Qui rompt si lâchement le beau nœud qui l'engage;
Ce perfide est ton frere, & cette qualité
Me fait seule souffrir son importunité;
Mais il trauaille en vain.

NEREE.

                    Oyant ceste imposture,
Que sert vn foudre au Ciel autheurs de la nature:
Thimante;

CEPHISE.

Ouy, ton frere,

NEREE.

                    Adore tes appas,
Tu le dis à Neree, & tu ne rougis pas?

CEPHISE.

Ie ne rougis, Neree, au suiet de personne,
Tu cognois peu l'amour, si ce discours t'estonne;
Il faict en mille cœurs des changements pareils,
Mille pour vne étoile ont quitté des Soleils;
Il taist de son amour la douce violence,
Et sa discretion paroist en son silence;
Luy celant quels obiets ont pour toy des appas,
La qualité de sœur ne te condamne pas;
Auec l'extréme amour, le respect est extréme,

                                        I

Et tel voudroit cacher ce secret à soy-mesme,
Thimante parle en frere, et se taist en amant:
Mais ie plains son malheur d'aymer si vainement,
L'amour de Celidor rend ses recherches vaines,
Accusés ce suiet de vos communes peines.

NEREE.

O redoutable esprit! i'ignore ton dessein,
Mais porte à cet amant vn poignard dans le sein,
Contre cet innocent dispense ton courage
A tout ce que t'ordonne, et la hayne, & la rage,
Les plus cruels tourmens, pourront moins l'affliger,
Que ce subtil moyen de le desobliger:
Theane ouure l'oreille au discours veritable
Qui te rendra suspect cet esprit redoutable:
Si, comme ta beauté, mon frere ayme le iour,
Si la plus forte ardeur égale son amour:
Si d'autres ont touché ny ses yeux, ny son ame,
Et s'il ne meurt plustost que sa premiere flame,
Que ie sois à ta veuë vn obiet odieux,
Et le but des mespris des hommes, & des Dieux,
Souffre que ie le voye, & qu'aux yeux de Cephise,
Par ses propres sermens mon discours s'authorise,
Je veux qu'aucun tourment n'égale mes malheurs,
Si ses moindres regards ne t'arrachent des pleurs.

CEPHISE.

Si ton occasion l'oblige à se contraindre,
Thimante estant vn homme est capable de feindre:
Mais va, fay que ma sœur en iuge vtilement,
Et croy qu'on cognoist moins vn frere, qu'vn amant. *Elle s'en*
va.

THEANE.

Sa rougeur l'a trahy, lors qu'elle dißimule
Et ie suis peu subtile, où ie fus trop credule,
Mes soupçons établis rétabliront la paix,
Cours, va querir Thimante:

NEREE.

O Dieux, que tu me plais!

ACTE IV.
SCENE PREMIERE.
THIMANTE.

E delibere plus d'vne mort neceſſaire,
Acheue, malheureux, tes iours, & ta miſe-
re,
Tu ne peux oublier cette ingrate beauté,
Ny perdre ton amour, ſans perdre la clarté:
Sçachant qu'elle eſt pour toy de pitié dépour-
ueuë,
Deliure ſes beaux yeux de l'horreur de ta veuë,
Fuyant en ſa faueur la lumiere du iour
Tu prouueras enſemble, & perdras ton amour:
Sus quel moyen propice à ta funeſte enuie,

Par vne prompte mort terminera ta vie:
Le fer en ce deſſein ne te peut ſecourir,
Puis que des traicts plus forts t'ont bleſſe ſans mou-
    rir;
Groire,que de tes maux le poiſon te déliure,
Le plus fort des poiſons te laiſſe encore viure,
Tu ſouffres ſans danger,ce poiſon amoureux
Que te miſt dans le cœur cet obiet rigoureux;
Enfin le vaſte ſein de Marne, ou de la Seine,
S'offre d'enſeuelir, & ton corps,& ta peine;
Suy ce dernier moyen,meurs,déplorable amant,
Et paſſe d'vn ingrat en vn traiſtre Element;
Cours,& t'entretenant du repos qui t'arriue,
Marche, ſans diſcerner ſon eau d'auec ſa riue;

SCENE DEVXIESME.

NEREE,THIMANTE.

NEREE.

SVr quoy, pouués vous ſeul mediter en ce
lieu;

I iij

THIMANTE.
Vous le ſçaurés bien-toſt, ie tarde trop, adieu;
NEREE,

Il s'en-
fuyt.

Mon frere, attens vn peu; ta maiſtreſſe te prie:
Mais ie ne le vois plus, c'eſt en vain que ie crie,
O malheur de mes iours! vn deſſein furieux
Luy faict abandonner la lumiere des Cieux;
Son œil ardent & triſte, & ſa courſe legere
Teſmoignent ce qu'enfin la rage luy ſuggere,
Theane ioins tes pleurs à mon cruel tourment;

SCENE TROISIESME.

THEANE, NEREE,

THEANE.

Comment?

NEREE.
Je ſuis ſans frere, & tu n'as plus d'amant;
THEANE.
O Dieux! Thimante eſt mort!

NEREE.

Sa perte est trop certaine.

THEANE.

Et qui l'a faict mourir?

NEREE.

Son amour, & ta hayne.

Je n'ay pû diuertir ce fatal accident;
Il sort d'icy, courant, furieux, l'œil ardent,
En ce dessein fatal d'attenter sur sa vie
Que desia par ses mains tes mespris ont rauie.

THEANE.

Si nous pouuions encor diuertir son trépas,
Courons, tu tardes trop.

NEREE.

Tu vas perdre tes pas.

SCENE QVATRIESME.

FILANDRE, seul.

Dures pour mon repos, salutaires pensées,
Vos conseils éteindront mes ardeurs insensees:

Il est vray que Theane à peu de doux attraits,
Et que mon foible cœur cede à de foibles traicts,
Son esprit est commun, son humeur si farouche,
Que tout nuit à ses yeux, & que rien ne la tou-
che.
Elle faict vanité des droicts de sa raison,
Et son ingratitude est sans comparaison:
Ainsi, que sa beauté, sa naissance est commune,
Ie pouuois aspirer plus haut que sa fortune,
D'autres me rangeroient sous de plus dignes loix,
Inutiles discours ! mon cœur dément ma voix:
Pour flatter mon tourment i'en meprise la cause,
Mon sentiment détruict ce que ie me propose,
Theane est adorable, & los maux que ie sents,
Sont vn leger effect de ses charmes puissants:
Tout prise, tout reuere vne beauté si rare,
Et qui s'en peut deffendre est aueugle, ou barbare:
Ie plains iniustement les maux que i'ay soufferts,
Des Princes seroient vains de l'honneur de ses
fers,
Mais qu'esperay-ie enfin d'vn glorieux seruage,
Ne pouuant par raison, forçons-le par coura-
ge,
Publions sans dessein, qu'elle a beaucoup d'appas,
Estimons sa prison, mais n'y demeurons pas:
                                         O fri-

O friuole entretien! vn captif deliberé
Et parle absolument de ce qu'il ne peut faire,
Il parle de souffrir, ou violer ses loix
Comme si sa beauté m'en permettoit le choix,
Et ne conseruoit pas sans dessein, les franchi-
    ses,
Que sans dessein aussi cette insensible a prises;
Enfin que resoudray-ie entre tant de desseins?
Puis qu'à me secourir tant de conseils sont vains;
Ne deliberons plus, & souffrons toute chose,
Puis qu'il faut endurer, quoy que ie me propo-
    se;
Ie voy ce rare obiet, qui gouuerne mon sort,
Deuois-ie souhaitter, ou craindre son abord?

K

SCENE CINQVIESME.

NEREE, THEANE.

FILANDRE.

THEANE.

SEiche tes pleurs, Neree, & n'en sois plus en
*   peine,*
Nous l'aurions découuert au tour de cette pleine,
Un malheureux amant, court tousiours au tré-
*   pas,*
Il en faict les desseins, mais il ne les suit pas,
Nous preferons la mort au mal qui nous tour-
*   mente,*
Mais au poinct de nous prendre, elle nous épou-
*   uante,*
Tel armoit contre toy son courage inhumain
De qui le fer enfin est tombé de la main,
Le plus desesperé: mais i'apperçoy Filandre,

Sçachons ſi ce riual, n'en a pû rien apprendre;

FILANDRE.

Dois-ie eſperer enfin quelques moments ſi bons.

THEANE.

Aués vous veu Thimante, apres, ie vous reſ-
ponds;

FILANDRE.

Non, depuis ce matin; mais ie croy que Ce-
phiſe
Captiue ſa preſence autant que ſa franchiſe;
Il ne la quitte point;

NEREE.

Que dit cet impoſteur?

FILANDRE.

En quoy, belle Neree, ay-ie paru menteur?
Quelqu'vn ignore-t'il qu'il ayme cette belle;
Et vous a-t'il caché ſa paſſion nouuelle?

NEREE.

Tu nuis par intereſt, à ce fidel amant,
Quel teſmoignage as-tu d'vn ſi prompt changement?

FILANDRE.

Si porter ſes poulets eſt vn mauuais office,
Ie luy nuys, ie l'auoüe;

K ⁊

NEREE.

O le vain artifice!

On ne douteroit plus de sa legereté
Mais, fay nos yeux tesmoins de cette verité;
Les a-t'elle receus?

FILANDRE.

Ouy, mais sa main superbe

Les rompit à mes yeux, & les ietta sous l'herbe.

NEREE.

Mais rompus qu'ils estoient, tu les auras serrés.

FILANDRE.

Le vent en dispersa les morceaux déchirés,
I'ay quittay cette ingrate, & conseillé Thimante
D'étouffer pour son bien, sa passion naissante,
Car ie l'estime plus riual, que malheureux.

NEREE.

O conseil fauorable! ô l'amy genereux!
Traistre, on verra Thimante, & l'instant de ta perte
Suiura (s'il est viuant) ta fourbe découuerte:
Et si ton artifice a causé son trépas,
Tous les efforts humains ne te sauueroient pas;
On verra la fureur si le Soleil m'éclaire,
Par les mains de sa sœur, vanger la mort du frere,

Et reuiuant cent fois, cent trépas differents
Immoleroient ta vie à ses manes errants;
Pour obtenir de vous, vne iniuste allegeance
Flattire Cephise à son intelligence,
Mais ie perdray le iour, si mes sermens sont
   vains,
Et si la verité ne confond leurs desseins:
Tu ris, tu parois froid, apres cette imposture,
Et tu ne rougis pas, horreur de la nature?

Elle dit
à Theane.

SCENE SIXIESME.

CELIDOR, FILANDRE.

THEANE, NEREE,

CELIDOR, à Neree.

QVoy c'est par ces discours que vous traictés
   l'amour,
Ce sont vos complimens, & les noms de maistres-
  ses,
Se peuuent accorder auecques ces caresses;

K iij

Dieux que peuuent prouuer ces regards menaçcants,
Filandre n'est-il plus le charmeur de vos sens?
FILANDRE.
O fatale aduanture!
NEREE.
Jngrat, quelle manie,
Joinct l'humeur de railler à ta faute infinie
Traistre, superbe esprit, vain suiet de mes pleurs
N'adiouste point la hsnte à tes autres douleurs;
CELIDOR,
Mais vous, n'adioustez point la feinte à vostre
offense
Suiuez le changement ou ce cœur se despense,
Confessés que mon frere à vos sens enchantés,
Ne desauoüès point ce que vous ressentés,
Vous n'obscurcirés point vostre rare merite,
Et le nombre auiourd'huy rend ce crime licite.
NEREE,
Qui moy? i'ayme Filandre? il a là vanité
De pretendre du droict dessus ma liberté?
Ses aymables regards ont mon ame embraZee,
Aurois-ie tant bruslé sans m'en estre aduisee?
Ay-ie poussé pour luy des souspirs amoureux?
Que ma fortune est grande, & mon destin heu-
reux!

FILANDRE.

Pour vous estimer tant, le sort ny la naissance
N'ont point en si haut lieu porté vostre puissan-
  ce,
Ie ne serois pas vain de vostre affection,
Et ce n'est pas l'obiet de mon ambition;
Croyés vous au rapport de ce melancholique
Dont la ialousé humeur rend l'esprit freneti-
  que?
Qui croit que tout obiet se rend à vos appas,
Qui voit tout ce qu'il craint, & tout ce qui n'est
  pas;

CELIDOR.

J'ay creu ce que i'ay dit, s'il est vray que ie veil-
  le,
Et l'on dément en vain mon œil, & mon oreille,
Hier tu vis Cephise, & i'entendis ta voix,
De quoy luy parlois-tu sur le bord de ce bois?

FILANDRE.

D'adoucir de ta sœur la rigueur inhumaine,
Et de rendre son cœur plus sensible à ma peine.

CELIDOR.

De cela seulement;

FILANDRE.

                    Puisque tu m'entendis,

Que me demandes-tu, tu sçais ce que ie dis.

CELIDOR.

Que Neree, imposteur, t'importunoit de plain-
      tes,
Mais, que tu resistois a ses douces atteintes,
Que tu pleignois son mal, & ne l'allegeois pas,
Pour ce que tu languis, pour de plus doux ap-
      pas;

NEREE.

O le doux entretien!

FILANDRE.

                              Combien la ialousie
Cause d'illusions en nostre fantaisie!
O Dieux! comme l'amour trouble le iugement,
Et comme ce qu'on craint, on le craint aysement.

CELIDOR.

Ie conçoy malheureux, où tendoit ta malice,
C'est trop, n'adiouste point l'outrage à l'artifice
Qu'vn autre soit l'obiet des fourbes que tu faicts,
Et ne m'oblige pas aux extrémes effects;
Ny raison d'amitié, ny respect de nature
Ne me diuertiroient de punir l'imposture,
Nous ne pourrions sans bruict calmer nos diff-
      rens,
L'amour, n'entend raison d'amis, ny de parens;
                                    FILANDRE,

FILANDRE, en riant.

Si le iour te déplaiſt, et ſi tu hais ta vie,
Ie pourrois là deſſus contenter ton enuie,

CELIDOR.

C'eſt trop deliberer, monſtre indigne du iour;
Madame, que ſa mort vous prouue mon amour;

NEREE.

Arreſtés Celidor, Dieux! quelle ardeur extréme,
Vous faict tant oublier mon reſpect, & vous-meſ-
me!

Il dit à
Nere e
qui le re-
tient.

FILANDRE, en riant.

Modere vn peu mauuais, des tranſports ſi ſou-
dains,
Que tu t'emporte, frere, à d'étranges deſſeins!
Peint de ſes premiers traicts. ce viſage ſeuere,
Epargne vn peu mes iours, ma mort te couſte vn
frere,
Ton courage eſt trop prompt, et ne peut m'affliger
De la perte du iour, ſans me deſobliger.

CELIDOR.

Que deux puiſſants reſpects, l'amour, & la naiſ-
ſance,
Te ſeruent auiourd'huy d'vne heureuſe deffenſe;

FILANDRE.

Ils conſeruent mes iours?

L

CELIDOR.

Auec ta lâcheté;

FILANDRE.

Le plus genereux tremble, en cette extremité;

CELIDOR.

Ton exemple le prouue;

FILANDRE, tirant son épee.

Enfin ton arrogance,

Porte ta vaine humeur à trop d'extrauagance,
Ton discours, si superbe, & si respectueux
Faict souffrir trop long-temps vn cœur respectueux:

FILANDRE continuë.

Non, non, dispensés-nous de plus longues contraintes,
Vn moment finira sa folie, & vos craintes;

THEANE.

Quoy, mon authorité s'exerce vainement?
Tout respect est banny de l'esprit d'vn amant?
Filandre, ou songés-vous?

CELIDOR, à Neree, luy voulant
oster son épee.

Souffrés belle Neree;

NEREE.

Non, calme les transports de ton ame alteree,
Cesse d'aymer Cephise, ou respecte sa sœur,

Comme
ils se veu-
lét battre,
les deux
sœurs
leur oftét
leurs ef-
pees.

Qui peut de ſes beautés te rendre poſſeſſeur;
La crainte de rougir du tiltre d'infidelle,
T'empeſche d'auoüer que tu ſouffres pour elle,
Mais ſuy, perfide eſprit, tes aueugles deſirs
Que ſa poſſeßion te comble de plaiſirs,
Je ne m'oppoſe point à ton ardeur nouuelle,
J'offre de te ſeruir, auprés de ceſte belle,
Si ce charmant obiet de ton affection,
Ne partage auec toy ton inclination.

FILANDRE.

O ſenſible malheur!

CELIDOR.

         Inſenſible, inhumaine,
Si vous ne finiſſés, n'accroiſſés point ma peine;
Que les yeux de Cephiſe, ayent rien pû deſſus moy!
Et que ie les prefere aux Aſtres que ie voy!
Que ce cœur ſeulement, puſt rendre ſa franchiſe,
A des charmes plus forts, que tous ceux de Cephi-
ſe,
Ayés belle Neree, vn meilleur ſentiment,
Et de voſtre merite, & de mon iugement;
Retirant de vos fers mon ame priſonniere,
Et perdant mon amour, ie perdray la lumiere,
Quelle animoſité fatale à mon repos,
Vous a faict pour ma perte, entendre ce propos?

L ij

FILANDRE.

Adieu, reprime vn peu ton insolente enuie
Et croy, que ces beautés, ont conserué ta vie.

NEREE, le retenant.

Tu rendras, lâche autheur de mes tristes soucis,
Par ta confession, mes soupçons éclaircis;
Tu tâches de sauuer ta honte par ta fuite,
Pour tramer à ta fourbe vne fatale suite;
Mais ie puis, & ie veux, en cette occasion,
Tirer nostre repos de ta confusion;
Auec combien d'adresse & combien d'artifice,
M'as tu rendu suspect son fidelle seruice:
Il auoit (disois-tu) rompu ses premiers nœuds,
Et Cephise à t'ouyr, possedoit tous ses vœux;
Tu m'as de leur amour, dépeint la violence,
Et cette trahison paroist en ton silence,
Où tend cette imposture? & quelle intention
Oppose tes efforts, à nostre affection,
Tu ne me responds rien?

CELIDOR.

O malice infinie!

FILANDRE.

Dieux! quelle extrauagance, égale sa manie!
Que des plus sains esprits, l'amour trouble les sens?
Ce mal est-il commun aux ardeurs que ie sents

Et sans m'apperceuoir d'vne égale folie,
Ne la puis-ie éuiter, dans le nœud qui me lie?
Me peut-on accuser de ces honteux accés,
Qu'vn amour violent, produit en son excés?

NEREE.

C'est trop, n'adiouste point, lâche, traistre, pariure,
Le mespris à la fourbe, & l'outrage, à l'iniure,
Hier, que me dis-tu? qu'entendis-ie en ces bois?
Peux tu par tes discours, desauoüer ta voix.

FILANDRE.

Adieu, dispense moy d'ouyr ces resueries,
Et ie t'obligeray, de quoy que tu me pries,
Ton discours, d'vn grand trouble est vn signe appa-
  rent,
Le lict t'est de besoing, croy moy, ton mal est grand.

NEREE.

Tu ris lâche imposteur; mais tu dois à ton frere
La moderation, de ma iuste cholere,
Et Thimante au besoing;

Il s'en va,
les regar-
dant de
costé.

CELIDOR.

                    Que mon bras à vos yeux,
Immole à vos desirs, cette horreur de ces lieux.

FILANDRE, de loing.

J'épargne ta folie, adieu;

NEREE.

                    Hé! quelle adresse

Il ruinoit tes vœux, & l'ardeur qui me preſſe?
Tu partages les feux que mon ame reſſent?
J'auois en Celidor, vn eſclaue innocent?
Que ie ſuis obligee à ſa lache impoſture,
Qui rend à mes trauaux, leur fruict, auec vſure!
En mon contentement, ſois auſſi ſatisfaict,
Et ne me vange point du plaiſir qu'il m'a faict.

CELIDOR.

Traictés comme il vous plaiſt, ſon offence infinie,
Vous eſtant découuerte elle eſt aſſés punie,
Voſtre commandement, luy conſerue le iour
Et i'auray ſeulement des ſentimens d'amour,
Banniſſés tous ſoupçons, & croyés que Cephiſe,
Se vanteroit à tort du plaiſir de ma priſe,
Ie ne mépriſe point ſes rares qualités,
Mais vos charmes plus doux, ont mes yeux enchan-
tés.

NEREE.

Elle s'en eſt vantee.

CELIDOR.

            O vanités friuoles?

NEREE.

Et portoit des cheueux, qui prouuoient ſes paroles.

CELIDOR.

Des miens;

NEREE,

Ie le croyois;

CELIDOR.

Perdés ce sentiment,
Elle vous rend suspect vn trop fidelle amant;
On dit qu'elle m'estime à l'égal de sa vie
Mon frere, contre vous secondoit son enuie,
Et croyoit ruiner nostre commun dessein,
Mais graces à l'amour, leur artifice est vain,
Nos esprits reünis, leur fourbe découuerte,
Et mes iours conserués au moment de ma perte.

NEREE.

Ie deffie auec toy, les trauersés du sort,
Tout mon plaisir renaist, si mon frere n'est mort,
Mais desia de son corps son ame est separee.
Si ma crainte n'est vaine,

THEANE.

Espere mieux Neree,
Par vn commun repos, nos vœux seront contents,
Cherchons le toutefois, ne perdons point de temps,
Ie suiuray ce sentier;

NEREE.

Et nous, par cette route;
Nous chercherons quelqu'vn, qui nous tire de dou-
te;

ACTE V.

SCENE PREMIERE.

FILANDRE, CEPHISE.

FILANDRE.

Ostre commune ardeur éprouuë en son ex-
      cés
D'vn malheureux dessein, vn malheureux
      succés,
Et le Ciel, qui sçait tout, a faict voir sa puissan-
      ce
A monstrer l'imposture, & prouuer l'innocence,
Nostre artifice est vain;

                              CEPHISE,

CEPHISE.

Ie n'esperois pas mieux,
Le malheur, suit toufiours vn deffein vitieux;
Quelque adreffe qu'on ait à caufer ces ombrages,
La verité paroift, & force tous nuages;
Nous pouuions pour vn temps defunir leurs efprits,
Mais vn parfaict amour obtient toufiours fon
  prix:
Ainfi toute efperance enfin nous abandonne;
Souffrons pour leur repos, puifque le Ciel l'ordonne
Et laiffons profperer vn legitime amour:
Tu vas m'entretenir de la perte du iour,
Et fi ie cognois bien ton debile courage,
Tu ne vas tefmoigner que defefpoir, que rage;
Tu vas à ton fecours implorer le trépas;
Fay ce qui te plaim, mais ie ne mourray pas;
Ne croy pas qu'au befoing ma conftance me laiffe,
J'ay part en ton malheur, & non en ta foibleffe.

FILANDRE.

Mon cœur feroit plus fort que cette aduerfité,
Si ie croyois mes yeux dignes de la clarté,
Mais ie croy que le Ciel ne me luit qu'auec peine,
Je fuis de tous obiets, & l'horreur, & la hayne,
Et ie n'acquis pourueu de la neceffité
De déplaire à chacun, & d'eftre rebuté.

CEPHISE.

Ta seule modestie est si considerable,
Qu'elle te rend par tout vn obiet adorable;
Ne te rebute point des mespris de ma sœur,
Vn qui ne te vaut pas en sera possesseur;
Et ie cognois, Filandre, vne fille aussi rare,
Que tu n'éprouuerois, ny sourde, ny barbare,
Et qui plus fauorable à tes moindres tourmens,
Te donneroit de toy, de meilleurs sentimens.

FILANDRE.

Vn aduertissement, de pareille importance,
(Si tu me dis son nom) sera ta recompense;
Ie cognois vn captif, qui receuroit tes fers,
Et qui les baiseroit, se les voyant offerts;

CEPHISE.

Ie n'ay pas ce malheur d'estre tant mesprisée
Et si ie déplais fort, ie suis fort abusée,
I'estime que mon sort n'est pas si rigoureux,
Que ie ne pûsse plaire, à quelque malheureux;
Quelques-vns par pitié partageroient mes peines,
Mais quel est-ce captif qui baiseroit mes chaisnes?

FILANDRE.

Que ie sçache premier, quelle ieune beauté
S'offre de presider dessus ma liberté.

CEPHISE.

Le faut-il auoüer? c'est Cephise, elle mesme.

FILANDRE.

Et l'auoüeray-ie aussi, c'est Filandre qui l'ayme.

CEPHISE.

O sensible plaisir!

FILANDRE.

        O bon-heur de mes iours!

CEPHISE.

Voila se déclarer, sans beaucoup de discours.

FILANDRE.

Ie iure d'oublier vne ingrate maistresse,
Si tu ioins tes desirs à l'ardeur qui me presse;
Ie iure de tes yeux l'agreable douceur,
Que tu n'as rien qui cede aux attraits de ta sœur,
Et mon aueuglement estoit incomparable,
Quand ie ne treuuois pas ce visage adorable;

CEPHISE.

Voila Filandre pris! et ce beau compliment
Est tousiours le premier des discours d'vn amant,
Mais si ma sœur encor t'offroit cette assistance
Que son ingrate humeur denie à ta constance,
Rien ne seroit égal à ses moindres appas,
Et quand ie vaudrois plus, ie ne la vaudrois pas.

FILANDRE.

Il est vray, cet obiet du tourment que i'endure,
Auec fort peu d'efforts r'ouuriroit ma blesseure,
Mais tes yeux secourus de la force du temps,
L'osteront de mon cœur, & nous serons contents.

CEPHISE.

Ce discours me contente, et i'ayme ta franchise,
Si nuë, & si conforme à l'humeur de Cephise,
Et sans t'entretenir de discours superflus
Si Celidor m'aymoit, ie ne t'aymerois plus;
Mais perdant tout espoir, suiuons nostre entrepri-
    se,
Et faisons par dessein ce qu'ils font par surprise,
Oublions au besoing ces obiets inhumains,
Et pour nous entre-aymer, blessons nous de nos
    mains.

FILANDRE.

Ie suiuray quelque loy que son vouloir m'ordonne,
Mais quelqu'vn vient à nous, que son geste m'e-
    stonne!

SCENE DEVXISME.

FILANDRE, CEPHISE.
DORILAS berger.

DORILAS.

O Fatal accident! ô funeſte rapport?
O mal-heureux effets de l'amour, & du ſort?

FILANDRE.

Qui t'afflige Berger?

DORILAS.

        O malheur déplorable;
D'vn amant ſi parfaict, & ſi conſiderable!
Où demeure Theane?

FILANDRE.

        Aſſés proche d'icy,
Pourquoy? que luy veux-tu? tire nous de ſoucy,
Qui cauſe tes souſpirs? & de quelle nouuelle
Vas tu, triſte berger, affliger cette belle?

DORILAS.

Ie luy vais annoncer l'effect de ſes deſdains,
Et la tragique fin du plus beau des humains.

CEPHISE.

O Dieux ! Thimante est mort!

FILANDRE.

O perte indubitable!

DORILAS.

Oyez de son trespas le discours veritable;
Entre mille pensers, qui me diuertissoient
En ces lieux écartez, où mes troupeaux paissoient.
Ses plaintes dans les Cieux ingratement poussees
M'ont fait tourner la veuë, & cesser mes pensees;
J'ay veu ce ieune amant, les yeux mouïllez de
*   pleurs*
Fouler à pas pressez, les herbes & les fleurs
Et redoubler sa course à six pas de la Seine,
Prest de l'enseuelir en son humide plaine,
Ses sens estoient saisis de l'horreur du trespas,
Passant, il me sentoit, et ne me voyoit pas;
Il suiuoit sans egard sa course vagabonde
Et ne discernoit point ny la terre ny l'onde;
En fin, pour l'arrester, i'ay faict un prompt effort
Et de quelques momens, i'ay differé sa mort.
Ce deplorable amant, la couleur alteree,
La voix basse & confuse, et la veuë égaree,
Qui que tu sois, (dit-il) dont le pieux dessein
Veut differer l'arrest de mon sort inhumain,

Parle triste discours de ma peine infinie,
Tu sçaurois que ton soing m'est une tyrannie;
Que mon trépas est iuste, & que ie suis l'amant,
Qui sçay le mieux aymer, & le plus continant
Si tu ne cognois pas l'ingrate qui me tuë
C'est Theane; à ce mot sa voix interrompuë
A laissé succeder des souspirs si pressants,
Qu'ils auroient affligé les plus barbares sens;
Ce ieune amant enfin, en cette violence
Par ce dernier discours, a forcé son silence,
Asseure sa beauté de la fin de mon sort,
Et ne diuerty point ce genereux effort;
Adieu, mon bien dépend de ce dessein funeste;
A ces mots il vnit la vigueur qui luy reste,
Et par vn tel effort se tire de mes bras,
Que ma force ne peut diuertir son trépas;
Il s'est precipité, l'onde s'en est esmeuë,
Et son front s'est ridé d'horreur qu'elle a receuë;
Elle tient toutefois ce corps si precieux,
Qu'elle ne permet plus qu'il paroisse à nos yeux,
Et ces flots applatis n'ont point laissé de marques
Sur l'endroict, qui retient ce beau butin des Parques,
Ie ne figure point mes pleurs, ny mes souspirs,
I'obey seulement à ses derniers desirs,
Et ie vais annoncer à cette indigne amante

La déplorable fin du malheureux Thimante:
Le pitoyable obiet d'vn sort si rigoureux,
Le plus beau des mortels, & le plus malheureux:
CEPHISE.
O sensible douleur!
FILANDRE.
           Triste effect de mon crime:

SCENE TROISIESME.

THEANE, CEPHISE,
FILANDRE, DORILAS,

THEANE, en cholere.

SVs de quoy s'armera mon dessein legitime?
Aueugles ennemys d'vne si belle amour,
Traistres, Thimante est mort, & vous voyés le iour?
Suiuons les mouuemens de la hayne enragee
Que produit en ce cœur mon amour outragee,
Et par vn iuste effort, étouffons de ces mains,

Ces

Ces monstres le mespris, & l'horreur des humains.
FILANDRE, à genoux.

Coupable de sa mort, autheur de l'artifice,
Ie confesse le crime, & i'attends le supplice;
Thimante estoit constant, i'ay trahy ses desseins,
Cephise me seruoit, & nos efforts sont vains;
Un tragique succés a suiuy l'imposture,
Et ma mort doit finir enfin cette aduanture,
Vous épargnés vn traistre, & vos bras engourdis,
Sentent en ma faueur leurs efforts refroidis,
Le Soleil en pastit, & cet Astre s'irrite,
De quoy vous differés la mort que ie merite,
Priués moy de sa veuë, & vangés librement,
Sur ce coupable corps le trépas d'vn amant;
Ie suis deu pour victime à son ame rauie,
Et sans aueu des Dieux i'ay ce reste de vie;
Si l'on a veu mon crime, on murmure là bas,
De quoy le Ciel differe vn si iuste trépas:
THEANE.

Si contre ma fureur tu restes sans deffense
Ton chastiment dépend de ton obeissance
Pour receuoir ta peine, obey seulement,
Et consents à l'effect de mon commandement.
FILANDRE.

Ne differés donc plus, quel arrest équitable

Peut reparer le crime, & punir le coupable?
Ce traiſtre, le plus vil des amants de ces lieux
Le meſpris de la terre, & la hayne des Cieux.

THEANE.

Je ne treuuerois pas en la fin de ta vie,
Ny Thimante vangé, ny ma rage aſſouuie,
Mais ton obeiſſance accomplit ce deſſein,
Si tu portes ce fer en ce barbare ſein:
Icy ma paſſion implore ton courage,
Force pour mon repos ce reſpeſt qui m'outrage,
Joins au crime d'amour, vn crime de raiſon,
Et par ta cruauté laue ta trahiſon;
Repare, lache autheur du deüil qui me tourmente,
Le trépas de l'amant, par la mort de l'amante,
Que i'aye en ſon malheur vne commune part,
Ouure ce cœur ingrat, qui s'eſt ouuert trop tard,
Ie beniray ta main, quelque effort qu'elle faſſe,
Deuiens vn peu barbare, & ton crime s'efface.

FILANDRE.

Viués, viués Madame, et cherchés en ma mort
A vos cruels ennuys vn peu de reconfort
Pour voſtre allegement rendés la plus cruelle,
Obtenés de la haut, qu'elle ſoit éternelle,
Que ie ſouffre à vos yeux vn trépas renaiſſant,
Qui puniſſe le crime, & vange l'innocent.

CEPHISE.

Si Filandre a failly, i'auray comme en son crime,
En sa punition, vne part legitime,
N'épargnés point mes iours, & voſtre allegement
S'augmentera (ma ſœur) par ce commun tour-
    ment,
J'ay feint en ſa faueur, voſtre amant infidelle
I'ay d'vn couple auſſi rare excité la querelle,
Peint Neree inconſtante aux yeux de Celidor,
Qui l'ayme toutefois, & qui la ſert encor;
Ainſi le Ciel eſt iuſte, & mon ame deceuë
A d'vn mauuais deſſein, vne mauuaiſe iſſuë,
Ioignés voſtre cholere à l'intereſt des Dieux,
Qui ne peuuent ſouffrir, ce forfaict odieux,

THEANE,

Cherchons ſur le riuage, en ce malheur extréme,
Ce butin, non du ſort, mais butin de ſoy-meſ-
    me;
Et ſi nous le trouuons, par ſes propres efforts
Que chacun à l'enuy, s'immole ce beau corps;
Toy, qui ſçais, où la Seine, a terminé ſa vie
Conduy nous en ce lieu, contente mon enuie,
Et voyant ſur le ſien nos corps priués du iour,
Viens apprendre chés nous ce triſte effect d'a-
    mour,

AuBerger

FILANDRE.

Puisque vous differés le trépas necessaire,
Qui repare mon crime, & finit ma misere;
Ie vais treuuer sa sœur dont le ressentiment
Pourra contre ma vie agir plus librement;
Les obiets animés de cette plaine verte
N'oyront plus de mon cœur plaindre la douce
    perte,
Et ie n'entendray plus les amoureux accents,
Dont ces chantres de l'air me rauissoient les sens;
Pour la derniere fois mon pied foule les herbes,
Mon œil de ces rochers voit les testes superbes,
Et mon oreille entend pour la derniere fois,
Répondre à mes discours les Echo de ces bois;
Mais i'apperçoy Neree;

SCENE QVATRIESME.

NEREE, CELIDOR, FILANDRE.

NEREE.

HElas! quelle apparence
Dois apres tant de pas nourrir mon esperan-
ce,
Non, Thimante n'est plus:

FILANDRE, luy baillant son espee
nuë, à genoux.

Coupable de sa mort,
Je faicts vos belles mains maistresses de mon
sort,
Vous treuués en ce corps, genereuse Neree,
A son iuste supplice vne ame preparee,
Punissés de ce fer le pire des mortels,
Qu'auec peine les Dieux souffrent à leurs autels.

N iij

Le mespris, et l'horreur du sejour où nous som-
   mes,
Qui n'a receu le iour, que pour l'oster aux hom-
   mes,
Qui né pour trauerser le repos des amants,
Fut si long-temps autheur de vos communs tour-
   mens;
Pour treuuer du remede au mal qui me tourmen-
   te,
I'ay trahy vostre amour, & l'amour de Thiman-
   te,
Cephise me seruoit, ie la seruois aussi,
Nous tentions tous moyens, & rien n'a reüssy,
Nos efforts n'ont produit que la fin déplorable
D'vn frere, si parfaict, & si considerable,
Pourquoy differés-vous l'instant de mon trépas?
Est-ce que ce discours ne vous afflige pas?
Ou que vous reseruès à mon propre courage,
La resolution de vanger cet outrage?

NEREE.

Traistre, mon frere est mort!

CELIDOR.

           Thimante ne vit plus?

FILANDRE.

Changés en des effects ces discours superflus,

Ordonnés, ou donnés vn seuere supplice,
Et vos regrets enfin suiuront voftre iuftice.
NEREE.
Cruel! quel accident a terminé ses iours?
FILANDRE.
Un perfide Element en a borné le cours.
Un pafteur de ces lieux, dans le fein de la Sei-
     ne,
L'a veu precipiter, & fa vie, & fa peine,
Theane faict chercher ce butin du trépas;
     NEREE, courant vers la Seine.
O Ciel! ô Dieux cruels!
CELIDOR.
Courons, suiuons ses pas.

SCENE CINQVIESME.

THIMANTE, sortant
d'vne Isle.

Destins, dont la rigueur s'obstine à me pour-
    suiure,
Enfin, permettés-moy de mourir, ou de viure,
Que l'Astre de mes iours force sa cruauté,
Ou que par sa rigueur le iour me soit osté;
L'Enfer d'intelligence auec cette inhumaine,
Qui nourrit si long-temps ma douleur, & la hay-
    ne,
Comme ellë a rebuté le tribut de mes iours,
La mort, comme l'amour me manque de se-
    cours;
Ie renoy ces beautés dont la plaine est pourueuë,
Et le Soleil encor se presente à ma veuë,
Qui t'a faict inhumain, & barbare Element,
Auec cette beauté conspirer mon tourment,
Vaste Empire des vents, triste lieu des naufrages,

Tombeau

Tombeau dé tant de morts , ſource de tant d'ora-
ges,
Que ton ſein à ce corps refuſe vn doux trépas!
Et que tu m'es cruel,en ne me l'eſtant pas!
Ta rage ſi ſouuent a faict des homicides,
Et tu m'as reietté de tes grottes humides,
Quel accident fatal a remis ſur ces bords
Ce triſte, languiſſant,& deplorable corps?

SCENE SIXIESME.

THEANE, CEPHISE,

DORILAS, THIMANTE,

THEANE, faiſant l'étonnee.

C'Eſt luy, n'en doutons plus.

CEPHISE.

O deſtin fauorable!

THIMANTE.

Mais, quel doit eſtre enfin l'eſpoir d'vn miſera-
ble

O

La Thea-
ne,& Ce-
phiſe arri-
uent
auec le
villageois
& ne ſe
monſtrêt
pas à luy.

Dont l'amour, ny la mort, noſtre dernier recours,
Ne peuuent conſentir d'accorder le ſecours?

CEPHISE.

Allons, que ſon repos ſuccede à ſa triſteſſe.

THEANE.

Laiſſons agir vn peu la douleur qui le preſſe.

CEPHISE.

Cognoiſſant qu'elle ſert de preuue à ton pouuoir
Fille vaine, & ſuperbe, il t'eſt doux de la voir.

THIMANTE.

Tente amant déplorable, en ta douleur profonde
Une ſeconde fois la cruauté de l'onde,
Par vn dernier effort, ſuy ton premier deſſein
Et perds l'ame & la vie, en ſon humide ſein,

THEANE, le retenant, &
l'embraſſant.

Mais ſur ce ſein pluſtoſt, reprend l'ame, & la
    vie,
Que par ſa dureté cent fois il t'a rauie;
Ce moment doit finir les rigueurs de ton ſort,
Et ce ſein, cher Thimante, eſt ton onde, & ta
    mort,
D'où vient qu'en ce bon-heur, qu'enfin le Ciel t'en-
    uoye,
Tu tardes ſi long-temps à teſmoigner ta ioye?

Est-ce vn leger effect de benir ton destin?
Et sents tu tes desirs refroidis par leur fin?
THIMANTE.
Pareil au criminel, qui la face bandee
Lors qu'il attend le coup, voit sa mort retardee,
Son bandeau détaché, ses iuges satisfaicts
Le peuple sousriant, & ses liens deffaicts;
Tel les sens étonnés, et le cœur tout de glace
Ie demeure confus, au moment de ma grace,
Tel, mon esprit balance entre l'étonnement,
Et l'apprehension d'vn iuste chastiment;
Car auoir sous vos loix ma franchise asseruie
Cette offense me rend indigne de la vie,
Le Ciel doit vn supplice à mon ambition,
Et ie cherche en la mort cette punition,
Ne me prescriués point la douce loy de viure,
Si vous sçaués l'ennuy, dont ma mort vous déli-
   ure,
Abandonnés, Madame, à l'horreur du trépas;
Cet indigne butin de vos rares appas;
Vous me verrés égal à l'arrest de ma peine,
Je vous estimeray plus iuste qu'inhumaine,
Nostre commun repos naistra de mon malheur,
Et ma perte dépend d'vn moment de douleur;
Cette onde a veu ma vie à sa rage exposee,

Mais pour vous imiter elle l'a refusee,
Et ie sollicitois à finir mon tourment,
Pour la seconde fois ce superbe Element,
Quand cette belle main a ma course arrestee,
Et differé la mort, que i'ay trop meritee;

THEANE,

J'ay douté si long-temps d'vne si belle amour,
Et dans ce déplaisir ie conserue le iour!
Rare obiet de mes vœux, vainqueur de ma fran-
  chise,
Charmant, & digne autheur de ma premiere pri-
  se;
Inuente pour ma faute vn supplice inhumain;
Ce cœur te plaira-t'il, arraché de ta main?
N'épargne point mes iours, & fends ce sein bar-
  bare,
Qui rebutoit l'honneur d'vne amitié si rare;
Laisse à ce cœur ingrat le dessein de mourir,
Et cherche à ses despends le moyen de guerir;
Mais auant qu'en ma mort expier mon offense,
Sur ce sein si tu veux prend quelque recompense,
Baise-le, s'il te plaist, & s'il a des attraits,
Et pour sa cruauté, tu le fendras apres.

THIMANTE, luy baisant le sein.

Mon cœur rauy de ioye au transport qui l'enflame,

Perd son premier dessein, ne mourons point Madame,
Sauourons à l'enuy ce doux fruict de nos maux,
Et goustons les plaisirs, apres tant de trauaux,

CEPHISE.

O rare effect d'amour, dont la rage assouuie,
A tant de vaines morts, faict succeder la vie,
Je palissois desia, de l'horreur du trépas,
Autant que ie pouuois i'en retirois mes pas,
Et ie n'auois pas faict, sans vne peine extréme,
Ce funeste dessein, d'attenter sur moy-mesme,
Le iour m'estoit plus cher, que cette vanité,
De mourir ardemment, pour l'auoir merité,
Mais le Ciel fauorise vne amitié si saincte
Il conserue Thimante, et dissipe ma crainte,
Ma sœur est innocente, accuse de ton mal
Le dessein que i'auois de punir ton riual,
Je t'ay peint infidelle, en faueur de Filandre,
Et i'ay feint qu'à mes yeux tu t'es laissé surprendre,
Mais i'ay contre ton bien tenu de vains propos,
La verité plus forte établit ton repos,
Et ce cœur repentant benit sa destinee,
Par qui, pour ton bon-heur, ma fourbe est ruinee,
Par vn traict de pitié, rends mes desirs contents,
Et ne differe point le pardon que i'attends.

Elle parle
à Thi-
mante.

O iij

THIMANTE.

Helas ! qui n'obtiendroit ma pitié, reclamee,
En ce diuin transport dont mon ame est charmee,
Et, si l'espoir que i'ay ne me doit abuser,
Acquerant ce thresor, que puis-ie refuser?

THEANE.

Cesse de tesmoigner vn soupçon qui m'irrite,
Puisque ta desfiance offense ton merite
Ouy ie suis à Thimante, & les rigueurs du sort,
Contre ce beau dessein feroient vn vain effort.

SCENE SEPTIESME.

MENALCHE, DAMETE, THEANE, CEPHISE, THIMANTE, DORILAS,

MENALCHE, bastelier.

Attend, il n'est pas mort; le voila si ie veille,
Son œil reuoit le iour, ô celeste merueille!

THIMANTE.

Que nous veulent ces gens?

MENALCHE.

Ie l'ay veu toutefois
Etendu sur ces bords, sans vigueur, & sans voix;
Son œil auoit perdu la lumiere du monde
Au poinct qu'en mon esquif ie le tiray de l'onde
Et pour le transporter, mes efforts estant vains,
Ie suis allé chercher le secours de tes mains.

DAMETE.

O Dieux!

THIMANTE, l'ayant entendu.

Heureux vieillard, à qui ie dois la vie
Que tes prosperités égalent ton enuie!
M'as-tu mis sur ces bords, et luy disois-tu pas,
Que ton heureux secours m'a sauué du trépas?

MENALCHE.

Ouy, ie vous ay rendu l'assistance opportune,
Que vous me deués moins, qu'au soing de la fortune,
Assis dessus ces bords, i'attendois les passants,
Quand vn obiet d'horreur a saisi tous mes sens;
I'ay veu sans mouuement, sans force, & sans haleine,
Ce corps flottant au gré du vent, & de la Seine,
Ce spectacle d'horreur m'arrestoit sur ces bords,
Et mon étonnement retardoit mes efforts:
Mais enfin i'ay forcé la frayeur inutile,
Qui laissoit en ma main cette rame immobile,

J'ay d'vn bras animé faict courir mon basteaü,
Et rendu ce beau corps aux riues de cette eau;
Ie croyois voſtre vie hors d'eſpoir de remede.

DAMETE.

Et pour vous tranſporter il reclamoit mon ayde,
Mais mon ſecours eſt vain, grace au ſecours diuin,
Je ne vous puis ſeruir, que d'vn verre de vin.

THIMANTE.

Fauorable vieillard, par quel heureux ſeruice
Me pourray-ie vanger de ce pieux office,
Tu me faits poſſeſſeur de ces rares appas,
Mais Filandre fort triſte, adreſſe icy ſes pas,

THEANE.

Caché ſous ces buiſſons, vous entendrés ma plainte,
Et me verrés punir ſon crime, par ſa crainte.
Ma ſœur, ſecondés-moy;

SCENE

SCENE DERNIERE

FILANDRE, NEREE, CELIDOR, THEANE, THIMANTE.

FILANDRE.

Ces beaux yeux plains de pleurs,
Monſtrent de ſon trépas les viſibles douleurs,
Thimante ne vit plus, & ſa perte aſſeuree,
Attire en ſon malheur, & Theane, & Neree,
Sus, qui ſe vangera ſur ce coupable corps,
Qu'expoſe ſans deffenſe vn ſenſible remords?
Toutes deux reſſentant la perte de Thimante,
Ie ne puis euiter, ou la ſœur, ou l'amante,
Ma mort eſt neceſſaire, & ces retardemens,
Font vn iuſte reproche à vos reſſentimens;
THEANE, oſtant l'eſpee de Celidor.
Traiſtre, à ton chaſtiment cette main occupee,

P.

Tient le fil de ta vie au bout de cette espee,
Ce coup te rauira la lumiere des Cieux,
Et ton sang rougira les herbes de ces lieux;
Va conter à Thimante, en ces campagnes sombres
Où son ame sans corps, erre parmy les ombres
Que i'ay grossy de pleurs, son humide cercueil,
Et qu'il a dans ta mort des preuues de mon deüil;
Asseure cet obiet dont mon ame est rauie,
Que de ma perte aussi ta mort sera suiuie,
Que là bas ce vainqueur s'appreste à butiner,
Les plus cheres faueurs qu'vn esprit peut donner;
Mais c'est trop differer vn trépas legitime,
Il faut que par son coup, ton sang laue ton crime.

N E R E E, luy voulant arracher l'épee.

Non, non, donnés ce fer, puisque la loy du sang
M'oblige dauantage à luy percer le flanc,
Sa mort par voftre main ne me peut satisfaire,
Permettés à la sœur la vengeance du frere;
O refus importuns, qui prolongent son fort
Et qui different tant le moment de sa mort!
Puisqu'on n'accorde point cette épee à mes larmes,
Faisons contre ses iours seruir ses propres armes;
Reçoy, lache imposteur;

THIMANTE, sortant l'épee
à la main.

Voftre ressentiment,

N'employra pour sa mort, que ce bras seulement,
Thimante m'estoit cher, i'entreprends sa vengeance
Ne me disputés point cette iuste allegeance;
Et redoutés de voir dessus ces belles mains,
Le sang que verseroit cette horreur des humains;

NEREE.

O merueille infinie!

CELIDOR.

O destin fauorable!

NEREE.

Est-il à mon plaisir vn bon-heur comparable?
Mon frere voit le iour.

FILANDRE.

V oyant ce que ie voy,
Dieux! me puis-ie asseurer moy-mesme d'estre moy?
Ie consens toutefois à l'effect de sa hayne
Et ne desire point qu'on differe ma peine,
I'ay causé ses tourmens, i'ay trahy ses desseins
Et la raison ne peut me sauuer de ses mains.

THIMANTE.

Puis qu'à mes longs ennuys, tant de bon-heur suc-
   cede
Que nos maux soient finis par vn commun remede
Me cedant ce thresor, vous reparès assés,
Le suiet importun de mes malheurs passés,

Et les crimes d'amour, apres la repentance
Ne sont ny reprochés, ny punis sans offense,
Ie voy cette beauté qui me tient sous ses loix,
Disposee à donner ce pardon de sa voix.

THEANE,

Ie hay la trahison, mais quoy que ie propose
Ie la dois pardonner, puis que i'en suis la cause
Filandre, i'y content;

FILANDRE.

Puis que vous l'ordonnés
Ie conserue mes iours, aux malheurs destinés,
Ie viuray pour vous rendre vn eternel hommage.

CEPHISE.

O resolution d'vn genereux courage,
Dans le dessein de viure, il semble autant souffrir,
Qu'vn autre souffriroit au dessein de mourir,
- Filandre est-il pas vray, parle d'vne ame saine,
Tu te vois déliuré d'vne sensible peine,
L'honneur te deffendoit d'éuiter le trépas,
Mais si ie te cognois, il ne te plaisoit pas.

FILANDRE.

Puis qu'enfin ton amour est l'obiet où i'aspire
Ie dois tout auoüer, & ne t'oze dédire,
Enfin, que ferons-nous ? puis que nos vœux sont
vains,

Desires-tu l'effect de nos communs destins ?
Un heureux mariage vnira-t'il nos ames
Et ressents-tu pour moy de mutuelles flames?
CEPHISE.
Esprouuons quelque temps nos desirs, & nos vœux,
Songeons y meurement, nous sommes fins tous deux,
Ce seroit vn malheur fort plaisant que le nostre,
Si les ayant trompés, nous nous trompiõs l'vn l'autre,
Songe plus d'vne fois aux desseins que tu faicts,
Tes regards, par les miens seront-ils satisfaicts?
Cheris tu mon humeur, ma façon, et ma taille,
Ont elles à tes yeux quelque chose qui vaille?
Peux-tu sans violence offrir ta liberté,
A celle en qui l'amour mist si peu de beauté;
FILANDRE.
Tes vertus sont vn charme à qui les examine,
Ta taille est d'importance, & ta grace diuine,
Tu feras aysement, par tes perfections,
De ma naissante ardeur de fortes passions.
CEPHISE.
Ie te plais c'est beaucoup, il n'est plus necessaire
Que de considerer, si tu me pourras plaire,
Le temps, & tes vertus, acheueront ce poinct,
Ie rys, (mais sans dessein,) ne desespere point,
Si ie m'y cognois bien, ie sens quelque étincelle

Capable de produire vne ardeur mutuelle,
Tu peux attendre vn mois;

FILANDRE.

           J'en puis attendre deux.

CEPHISE.

Ce dessein te plaist-il?

FILANDRE.

           Je veux ce que tu veux,

THEANE.

L'aymable passe-temps, sus qu'vne ayse commune
Nous fasse en ce bon-heur benir nostre fortune,
Toy pieux messager; & toy de qui l'effort,
A conservé Thimante, & diuerty ma mort,
Qu'apres vos longs trauaux, le soing des destinees,
Vous accorde la paix, & de longues annees,
Benissés auec nous le Demon des amants,
Qui satisfaict nos vœux, & finit nos tourmens.